北京新航道学校雅思考试（IELTS）培训教材

IELTS

剑14

全攻略

中国雅思梦之队 编著

中国广播电视出版社

图书在版编目（CIP）数据

剑4全攻略/中国雅思梦之队编著. 一北京：中国
广播电视出版社，2005.7
（新航道雅思考试（IELTS）培训系列教材）
ISBN 7-5043-4679-9

Ⅰ. 剑... Ⅱ. 中... Ⅲ. 英语一高等学校一入学考
试，国外一试题 Ⅳ. H319.6

中国版本图书馆 CIP 数据核字（2005）第 063712 号

剑4全攻略

编 著	中国雅思梦之队
特约编辑	周 壮
责任编辑	金月皎
监 印	赵 宁
出版发行	中国广播电视出版社
电 话	86093580　86093583
社 址	北京市西城区真武庙二条 9 号（邮政编码 100045）
经 销	各地新华书店和外文书店
印 刷	北京泰山兴业印务有限责任公司
开 本	880 毫米×1230 毫米　1/32
字 数	100（千）字
印 张	4.75
版 次	2005 年 7 月第 1 版 2005 年 7 月第 1 次印刷
书 号	ISBN 7-5043-4679-9/H·225
定 价	12.00 元

序

经过认真深入的研讨、夜以继日的撰写以及严格细致的打磨,《剑4全攻略》终于在计划时间内得以付梓。这本书是新航道雅思梦之队向学术顶峰冲击的路上又一个集体智慧结晶,从"第四代雅思教材"出版到雅思真经系列问世以及本书的推出,无不体现了新航道雅思梦之队成员不断进取的精神和敢于创新的态度,每增加一本书,新航道就增加了一分信心、一分实力和一分收获,成功的天平必将在这些凝聚着汗水、智慧与情感的作品重压下,最终倾向新航道,最终倾向所有愿意为梦想而付出一切的编者和读者们。

本书以最快的速度、最简捷的方式、最科学的方法按照中国学员的学习习惯、思维方式全面破解了刚刚出版的《剑桥雅思真题集4》。对于读者而言,就好像是一名全程私人导游,带你阅尽试题中的美景,点评险峰峻岭,述说典故内涵。作者都是新航道雅思培训第一线教师,在培训教学当中积累了大量的经验,撰写的内容契合学习者思路,直击难点、疑点的要害部位,注重实用实效。学习者即便无法亲临新航道聆听课程,也可以从本书中领会新航道对于雅思考试的真知灼见。

在本书的撰写过程中,在新航道的每一天,我都深切感受到:能够与这样一群永远向自己提出更高要求,永远不满足于现有成绩,永远拒绝碌碌无为的人在一起工作,我非常地幸运与幸福;将这些人的智慧编辑成册,看着它们一本本摆在书架上,最终形成强大的学术矩阵,我由衷地欣慰与自豪;看到学员们手捧这些原创精品,体验学习乐趣,获得丰富知识,交流成功体验,我无限地快乐与满足。

既然我们选择了新航道,就会尽全力为学员和读者提供最有效的培训和最实用的图书,以勤勉的态度获得人生的突破;既然您选择了这本书,我们就真心实意地希望您把它学通、用透,从中吸收足够的知识与技巧,最终以足够的付出赢得梦想的成功。

Contents

目 录

General Training: Reading and Writing Test A

General Training: Reading and Writing Test B

Test 1

LISTENING

SECTION 1

谈话场景：咨询旅游事宜场景，电话交谈
人物关系：学校社会活动咨询员和学生
谈话主题：咨询学校组织的旅游线路，旅游费用和旅行地点

词汇注释

historical *a.* 历史的

pattern *n.* 模式；典范

refund *n.* 退款，偿还金额

schedule *n.* 计划（表），日程安排（表）

optional *a.* 随意的，任选的，可选择

的，非强制的

etcetera *n.* 等等之人（或物）

available *a.* 可利用的，可获得的

minibus *n.* 中客车，小型公共汽车（我国俗称面包车，乘员 10 人左右）

coach *n.* 长途公共汽车

考题解析

Question 1

1—10 题为填空题，最大的特点是"所听即所得"，也就是说，答案内容几乎一字不差地来自于考生所听到的原文，往往侧重考查考生对相关场景单词的熟悉程度。一般来说，听题前，考生应该仔细审题，观察已知信息，大致判断对话的场景，划出关键词。

在听题前观察这一部分要填表格，可以得知对话是关于学校的社会活动，尤其是旅游活动的一些注意事项。此题前面给出的文字里很明显地提到了参观地点将有的特征，所以对话一提到其第一个特征"historical interest"，考生就应该注意后面接下来马上要提到的特征。可以说，给出文字"historical interest"是一个提示语，告诉我们下面的信息应该是要记录的信息了。

此题中 variety 一词应该予以注意，意为"多样性，种种，品种，种类"，读为 [vəˈraiəti]。短语"a variety of"意为"各种各样的"，如："She made the children glad in a variety of ways. 她用各种方法使孩子们高兴。"

Question 2

很明显，此题和上一题一样，也是参观地的有关特征。需要注意的是，如果写成"guide tour"是没有分的。"guided tours"意为"配备导游的线路"。

另外，考生应该牢记，由于第一部分内容和题型相对简单，所以对答案格式和形式的要求比较严格。考生在听到相关答案的同时，更要注意答案的正确拼写和格

式要求，如：名词单复数、动词时态语态、形容词最高级比较级等等情况。

Question 3

此题前面给出的信息里提到了 "special trips"，所以听到这个词就应该注意其后的信息。此题考查的是数字。注意所填信息应该是 "more than 12" 或 "over 12"，而不能仅仅填一个 "12"。

Question 4

此空考查的是日常生活用词。"notice board" 意为 "公告牌"。注意，此空中 "board" 考生很容易写成 "broad"。另外，此空后给出的文字 "in advance" 意为 "提前"，如："You must pay for the book in advance. 你必须预先付书的钱。"

Question 5

做题之前观察表格，可以发现 5—10 题要求填入的是一些周末游线路的有关信息，依次为：地点、日期、可供选择的其他线路。那么在填空前就应该要清楚，地名首字母一定不要忘记大写，月份词首字母也一定要记住大写。可见，听题前观察题目非常重要，可以给我们很多提示。

此题考查的是日期的英文写法。值得注意的是，如果按中文习惯全部写成阿拉伯数字，如 "2、13"，那么肯定不会得分。考生平常要加强对日期和数字的敏感性的练习。

Question 6

此题考查的是地名，需注意此空中所填的单词中除介词外，其他的单词首字母都要大写。

Question 7

此题考查的还是地名，同样需要注意大写的问题。应该说，这一空非常简单，对话者已经把单词一个字母一个字母地念了出来，所以对英文字母的反应也应该很敏锐。

关于人名和地名在雅思考试中的拼写是经常出现的考点。其中的人名和地名一般都是逐个字母拼读出来，考生应一字不差地听写出来，拼写的任何一个错误，哪怕是极小的错误，都会导致该题目不得分。

Question 8

此题考查的情况和第 6 题类似，注意大写的情况。

Question 9

此空中要求填入的 "student newspaper" 意为 "校报"。

Question 10

此题考查人名，也比较简单，文中已经把每个字母都读了出来。同样需要注意大写的情况。

5—10 题中几乎都考查了英语单词的大写情况，但是有关大小写方面的错误层出不穷，这是考生的一个弱点。一般来说，大写规则有以下几条，考生应该牢记：

①英语句子第一个词的第一字母要大写。如：My name is Li Ping.

②国家、城市、乡、镇等名称的首字母要大写。如：China（中国），Shanghai（上海）

③表示语言、某国人等首字母要大写。如：Chinese（中国人，汉语），English（英语）

④姓名中指姓的词和名的词首字母要大写。如：John Smith（约翰·史密斯），Wu Hongjun（吴洪军）

⑤一些专有名词的首字母要大写。如：Grade Two（二年级），Marx（马克思）

⑥文章的标题、书名、报刊的名称等，第一个单词及每个实词的第一个字母一般要大写。如：Lesson Two（第二课），An Express Way to English

⑦表示节日、星期、月份的第一个字母要大写。如：Tuesday（星期二），January（一月），Children's Day（儿童节）

⑧表示职务或称呼的词首字母要大写。如：Mr Green（格林先生），Dr. Wang（王大夫，王博士）

⑨直接引语中，开头字母须大写。如：Polly says, "Sit down." 波莉说："坐下。"

⑩表示"我"的字母"I"和"OK"等，永远大写。

SECTION 2

谈话场景：旅游场景

人物关系：演讲者为导游，听众为游客

谈话主题：介绍 Riverside 工业村的有关情况，其历史、特点以及工业产品。

词汇注释

roam *v.* （漫无目的地）随便走，漫步

manufacturing *a.* 制造业的，制造的，生产的

ore *n.* 矿，矿石，矿砂

water wheel *n.* （水力推动的）水轮，水车

forge *n.* 锻造车间，铁匠工场，铁匠铺

bend *n.* （河流等的）弯曲处

water mill *n.* 水磨

entrance *n.* 入口，进口

furnace *n.* 火炉，熔炉

smelt *v.* 熔炼（矿石），炼取（金属），精炼（不纯净金属）

cast *v.* 浇铸，铸造

sharpen *v.* 削尖，磨尖，磨快

antique *a.* 古时的，古老的

cottage *n.* （乡村、农舍等处的）小屋，村舍

stable *n.* 厩，马厩

考题解析

Question 11

做题前观察已知信息，得知此段话语是关于 Riverside 工业村的情况介绍，先确定会话主题。此题前提到了 Riverside 工业村能很好地开展工业生产的原因，并提到了 "water, raw material and fuels"，很明显，会话开始部分提到这几个单词的时候要特别注意。已知信息中的 "such as" 和录音中提到的 "like" 显然是一个意思，应该抓住这个信号词。同时，考生还应该注意这两个单词的读音和意思及其拼写。"coal" 意为 "煤，煤块"，读为 [kəul]；"firewood" 意为 ". 木柴，柴火"，读为 ['faiəwud]。

Question 12

此题较难。题前给出的信息在文中并没有一模一样的字眼提到，也就是说，此题给出的信息是对原文的相关信息的改写，所以要求考生的听力理解能力稍高。但是，也不是无据可循。观察已知信息，不难发现此空要求填入的是人名或一类人，因此只要抓住文中提到的人就可以。而文中只有一个地方提到了类似信息，可见，做题时应该学会充分利用已知信息来定位。此空中 "craftsman" 意为 "工匠，手艺精巧的人，艺术家"，读为 ['krɑːftsmən]。原文中 "local craftsman" 后提到的 "iron forge"（铸铁）即意味着这是金属制造工业的开端。

Question 13

此题考查数字的填写，非常简单。考生对于数字应该特别敏感，平常要多多加强对于数字的练习。

Question 14

14—20 题为地图题，对地图题来说，最重要的是要注意所找地名与图中已知信息之间的关系，以及说话者所提到的第一个地名。在做题时，要根据已知信息来定位未知信息。此题相对来说比较容易，因为文中明显提到了 "bottom" 一词，比较容易定位。注意：此题所填单词为地名，首字母要大写。

Question 15

此题考查的仍是地名，注意大写情况。此题在听题时，要抓住信号词 "to our right"。

Question 16

此题需抓住信号词 "to the left"。

Question 17

此题做题时一定要注意不要把目光局限在 15、16 题周围，思路要随着文章的叙述变化而变化。说话者并没有按顺序来介绍地点，而是很快提到了 "at the top"，需要紧紧抓住这个线索词。

Question 18

此题做题时要注意信号词"in the top right-hand corner"（右上角）。

Question 19

此题的介绍角度又有所不同。文中先介绍左上角的"Grinding Shop"，然后再说其一边是"The Engine Room"，这是已知信息，接着再提到另一边是"The Café"。考生需要熟悉地图题的介绍角度，思路要灵活多变，充分利用已知地名来定位。注意此空中"Café"一词的写法。该词是由法语转化而来的一个英语单词，所以比较特别，不能写成"Coffee"。

Question 20

此题做题时需要抓住信号词"on the left"。注意此空考查单词"cottages"的拼写，并且一定要用复数。"cottage"一词意为"村舍，小别墅"，读为［ˈkɔtidʒ］。另外，该词并非专有地名，并不需要大写首字母。

SECTION 3

谈话场景：作业场景

人物关系：教授与学生

谈话主题：学生向教授请教问题，以及由于种种原因作业没能完成，希望找到解决办法。

词汇注释

extension *n.* 延长；放宽的期限，延期

compassionate *a.* 有同情心的，（深表）同情的；照顾性的

submit *v.* 提交，呈递

journal *n.* 日报，杂志，期刊

methodology *n.* （学科的）一套方法；方法论，方法学

relevant *a.* 有关的，切题的，确当的，适宜的

essential *a.* 必不可少的，绝对必要的，非常重要的

proximity *n.* 接近，邻近

考题解析

Question 21

此题解题时要注意关键词"a really big assignment due in for another course."考生很容易错选 B，因为文中出现了"big assignment"这样的字眼，但是这是断章取义，不符合题干所给出的内容。同样，选项 C 也是干扰选项，需要捕捉到前文的信息"I've been to the library several times, and all books are out."（我去了好几次图书馆，但是书已经借出了。）所以问题不在于没去图书馆，而是图书馆的书已经借完了。

Question 22

此题首先就要理解题干。题干中"extension"一词意为"（作业、论文等）的延期"。解答此题需要注意转折信号词"but"后面的有关信息。一般来说，"but"一词是很多考点的提示词，所以考生在听题时一定要特别注意该词后面的信息。文中提到的原因是"medical or compassionate reasons"，意为"生病或是出现了其他值得人同情的原因"，所以选项 C 很好地表达了这个意思。注意"compassionate"一词的意思，意为"富于同情心的"，读为 [kəm'pæʃənət]。

Question 23

23－27 题相对来说比较简单。考生首先要看清楚提问"Dr. Johnson 对于阅读期刊文章有什么建议呢?"。所以文章提到这一点的时候要特别留心。接下来依次提到了人名，所以只需要注意相关人名后面的信息就可以了。

此题原文中出现的是"research methodology"，选项中改为了"research methods"，稍微作了一些变化。注意"methodology"一词，意为"方法学，方法论"，读为 [ˌmeθə'dɒlədʒi]。

Question 24

此题很简单，听到就选。

Question 25

此题选项与原文也稍有变化。原文提到"I won't bother with Morris"，意思实际上就是"我不会去读 Morris 的文章"。

Question 26

此题和上题一样，也是稍有变化。原文提到"the last part"，实际上指的就是"conclusion"。

Question 27

此题原文提到"It's not that bad and could be of some help, but not that much."（也没有那么糟，肯定会有用，但是用处不大），这其实就是选项 C 所提到的"limited value"（价值有限）。

Question 28

28－30 题为图表题。已知信息表明，此图表主要是关于更换居住处的人口学调查。28－30 题实际上都涉及到同义替换的问题，只要紧跟对话线索，不难找到相应的替换词汇。

此题原文中提到"the people living nearby disturbing them."（住在附近的人打扰了他们）其实就是选项 D "noisy neighbours"（嘈杂的邻居）的另一个说法。注意单词 disturb 的含义，意为"弄乱，打乱，打扰，扰乱"，读为 [dɪstɜːb]。

Question 29

此题与上文相同。原文为"the owner is not helpful"（房主不肯帮忙），当然实际

上就是说"uncooperative landlord"（房东不肯合作）。单词 uncooperative 意为
"不合作的，持不合作态度的"，读为 [ˌʌnkəʊˈɒpərətɪv]。

Question 30
此题的原文中所提到的"neighbourhood"在这里实际上指的就是"environment"，
考生需要注意灵活替换。

SECTION 4
谈话场景：环境知识讲座
人物关系：讲话者为园林绿化专家
谈话主题：介绍植被在调节城市气候方面所起的作用，以及如何更好地利用植被
来美化环境

词汇注释
landscape *n.*（陆上）风景，（陆上）景
色
vegetation *n.* [总称] 植物，草木，
【植】植被
humid *a.* 微湿的，潮湿的，湿润的
shady *a.* 成阴的，背阴的，多阴的
mechanism *n.*【生】机制，机理
evaporate *v.* 使蒸发，使挥发

humidify *v.* 使潮湿，使湿润
property *n.* 特性，性质，性能，属性
filter *v.* 过滤；使漏过，使漏出
gust *n.* 一阵强风，一阵狂风
intensify *v.* 加强，增强，使尖锐
belt *n.* 带状物
frequency *n.* 频率
branch *n.* 树枝

考题解析
Question 31
观察已知信息，可以知道文章的总体脉络非常清晰。文章先提到将要谈到的两个
方面，然后阐明了树木的大范围影响和小范围影响，最后把书目和建筑物的相关
信息作了比较。做题前的观察往往有利于更好地听题，使听题时不至于很盲目。
此题空前给出文字里提到"plan"一词，因此，在听原文时，注意"plan"这个信
号词至关重要。另外，此题一定要填复数"cities"，否则不给分。
Question 32
此题需注意的是空前的"more or less"其实就相当于原文中的"a bit less"。另外，
此题所填空中"windy"一词不能写成"wind"，否则不给分。
Question 33
此题较为简单，"humid"一词意为"充满潮湿的，湿润的，多湿气的"，读为
[ˈhjuːmɪd]。

Question 34

注意此题应该填"shady"或"shaded"，为形容词，否则不给分。

Question 35

此题同样需要注意"dangerous"一词的拼写。"dangerous"意为"危险的"，读为 ['deindʒərəs]。

Question 36

此题前给出文字里提到的"evaporate"一词意为"（使）蒸发，消失"，读为 [i'vəpəreit]。另外，此题应注意填复数名词。

Question 37

此题较为简单，注意原文中的"windier"其实就相当于此空前的"more wind"。此处实际上是出题者故意设置一个思路转换问题考察考生。

Question 38

此题有多种填法，但是一定要注意每空只能填两个以内的单词的限制。原文中"filter"一词意为"过滤，渗透，用过滤法除去"，读为 ['filtə（r）]。"considerably"一词意为"相当地"，读为 [kən'sidərəbəli]。

Question 39

此题较为简单，听到就写。

Question 40

此题中"room"一词意为"空间"，相当于"space"，所以填"room"或者"space"都算对。

READING

READING PASSAGE 1

词汇注释

frequently *ad.* 经常地，频繁地

confront *v.* 面临；遭遇

alarming *a.* 使人惊恐的，令人担心的

rate *n.* 比率，率；速率，速度

tropical rainforest 热带雨林

graphic *a.* 图（或图表、图解、曲线图等）的；用图（或图表等）表示的

illustration *n.* 说明，图解，插图，图表

readily *ad.* 迅速地，敏捷地；无困难地，容易地

relate *v.* 讲述，叙述；发生共鸣，认同

estimate *n.* 估计，估计数；看法，评价

destroy *v.* 破坏，毁灭

equivalent *a.* 相等的，相同的

duration *n.* 持续，持续期间

normal *a.* 正常的；标准的

in the face of 在…面前

vivid *a.* 生动的，逼真的

media *n.* （medium 的复数）新闻媒介，传播媒介（指报刊、广播、电视）

coverage *n.* 新闻报道；新闻报道量（或范围、质量）

endanger *v.* 危及，使遭危险；危害

independent of 不依赖…的；独立于…以外的；不管，不顾；除了…之外

tuition *n.* （某一学科的）教学，讲授；指导

harbour *v.* 心怀，怀藏

misconception *n.* 误解，错误想法；错误印象

curriculum *n.* 课程；（学校等的）全部课程；（获得学位、资格或证书的）必修课程

isolated *a.* 分离的；孤立的

incorporate *v.* 把…合并，使并入

multifaceted *a.* 多方面的

conceptual *a.* 概念的

framework *n.* 框架；体系

component *a.* 组成的，构成的

erroneous *a.* 错误的，不正确的

robust *a.* 强健的，健全的；坚定的，坚强的

accessible *a.* 可（或易）接近的，可（或易）进入的

modification *n.* 修改，改变

peer *n.* 同等地位的人；同龄人

refine *v.* 提炼，精炼；使变得完善，使变得精妙

extensive *a.* 广泛的，全面的

destruction *n.* 破坏，毁灭

strategy *n.* 策略，计谋；行动计划，对策

displace *v.* 取代，替代

survey *v.* 全面考察（或研究）；概括论述（或叙述）

questionnaire *n.* （通常用于收集信息或意见的）一组问题；调查表

self-evident *a.* 不言而喻的

damp *a.* 潮湿的，湿气重的

location *n.* 为止，场所，地点

the Equator 赤道

dominant *a.* （在数量、分布等方面）占首位的，主要的

habitat *n.* （动植物的）生境，栖息地

indigenous *a.* （尤指动、植物分布）当地的，本地的；土生土长的

observation *n.* 观察，观测；观察资料，观测数据

consistent *a.* 一致的，符合的

previous *a.* 以前的，先前的

conservation *n.* （对自然资源的）保护

sympathetic *a.* 同情的，表示同情的

intrinsic *a.* 固有的，本质的

identify *v.* 认同

personalize *v.* 使针对个人，使个人化

logging *n.* （木材）采运作业

acid rain 酸雨（指因排入大气的硫、氧化氮等污染物质在雨滴中生成硫酸、硝酸而导致的酸性雨）

proportion *n.* 比例

factor *n.* 因素，要素

embrace *v.* 接受；信奉；包括，包含

reduce *v.* 减少，削减

atmospheric *a.* 大气的，空气的

incompatible *a.* 不能和谐相处的，合不来的；不协调的，不相容的

majority *n.* 大多数

survive *v.* 活下来，幸存

contribute to 有助于，促成；是…的部分原因

issue *n.* 问题

predominate *v.* 占主导地位，占绝大多数

ecosystem *n.* 【生】生态系（统）

volunteer *v.* 自愿提供（或给予等）

appreciate *v.* （充分）意识到；体会，领会

complexity *n.* 复杂（性），错综（性）

appreciation *n.* 重视，赏识；评估，评价

complex *a.* 复杂的，错综的

conflicting *a.* 冲突的；抵触的

arena *n.* （喻）竞争场所，活动场所

essential *a.* 必不可少的；绝对重要的

考题解析
Question 1－8 True/False/Not Given

1. 要认识该题考点词汇 ignore（忽视）。定位词为 media，回原文找 media 一词的出处，在第 1 自然段第 7 行：In the face of the frequent and often vivid media coverage... 题干中 ignore 一词和原文中 frequent、often 驳斥。

2. 第 1 段第 7 行：In the face of the frequent and often vivid media coverage, it is likely that children will have formed ideas about rainforests... 和第 2 段第 5 行：These ideas may be developed by children absorbing ideas through the popular media. 都驳斥了题干中的 only 一词。

3. 原文出处为第 2 段首句：Many studies have shown that children harbour misconceptions about "pure", curriculum science. 其中，shown 对应题干中的 suggested；harbour 对应题干中的 hold, curriculum 对应提干中的 study at school。

4. 难题，易选 NG。定位词 framework，原文出自第 2 段第 2 句。该题考察建立在正确分析句子语法成分后对该句的理解，请参考该文中文翻译。原文中：... making it... more robust but also accessible to modification. 对应题干中：... means that it is easier to change them. 下划线单词成 3 组对应。

5. 题干中 yes/no questions 与原文中第 4 段第 3 行 open-form questions 驳斥。

6. 题干中定位 rainforests' destruction，原文第 7、8 段中描述。无 Girls 和 Boys 的比较。

7. 难题，主要是理解题干。题干中出现了 The study 和 a series of studies 要区分，the study reported here 指文中主要的研究，是第 4 段提到的包括 5 个 open-form questions 的 study。而 a series of studies 第 6 段第 2 句：These observations are generally consistent with our previous studies of pupils' view about the use and conservation of rainforests. 该句的表达和题干一致。

8. 题干中 a second study 原文中没有提到。

Questions 9—13 Matching

9. 第 4 段中 "43%" 对应题干中 most frequent response。

10. 较难，易错选 F。第 5 段第 2 行，"64%"，"provide animals with habitats"。

11. 第 7 段 "59%"，"human activities"。

12. 较难。第 9 段首句：... the majority of children simply said that we need rainforests to survive. 其中 need 对应 P 选项中 depend on；survive 对应 P 选项中 continuing existence。

13. 第 9 段第 2、3 句。注意 global warming 对应 J 选项中 gets warmer。

Question 14 Multiple Choice

14. B 选项中包含了 Children、Rainforests、Course design 三个文中的关键点。

参考译文

> 成人和孩子们都经常听说热带雨林的流失速度是惊人的。比方说，孩子们可能会很容易提到一个图表，这个图表估计，热带雨林遭破坏的速度相当于每 40 分钟毁掉 1000 个足球场——大约就是一堂正常的课的时间。在频繁而且经常是很生动的新闻报道面前，很可能孩子们已经对热带雨林有了一些了解——热带雨林是什么、它们在哪里、它们为什么重要、是什么威胁着它们——根本不需要正式教育。也有可能他们的一些想法是错误的。
>
> 许多研究表明，孩子们对'纯'课程科学有一些错误想法。这些错误想法不会一直是孤立的，而是会合并到一个复杂却有序的概念体系当中去，从而使这个概念体系及构成这个体系的思想——其中一部分是错误的——更加健全，同时也更加容易得到修正。这些思想可能是孩子们通过吸收大众媒体的一些观点形成的，有时候这种信息可能是错误的。学校似乎不会给孩子们提供机会让

他们重新表达自己的想法，所以就让老师们和他们的同龄人使这些想法得到检验和提炼。

虽然大众媒体对热带雨林的破坏进行了广泛的报道，究竟孩子们对这个问题怎么看正式报道却不多。现在这项研究的目的就是开始提供一些这样的信息，帮助老师设计他们的教学方案，以正确的思想为基础，去掉错误想法，在他们的学校开设环境研究课程。

这项研究全面调查孩子们的科学知识以及他们对热带雨林的看法。中学生们被要求填一个调查表，上面有 5 个开放式问题。对第一个问题最常见的回答是根据"热带雨林"这个不言自明的术语进行描述，有些孩子在描述中用了"潮湿"、"湿"或者"热"这样的字眼。第二个问题是关于热带雨林的地理位置，答得最多的是洲或者国家：非洲（43%）、南美洲（30%）、巴西（25%），有的孩子还给出了更大的范围，比方说赤道附近。

第三个问题的答案涉及热带雨林的重要性。64%的学生都认为热带雨林为动物提供栖息地，认为为植物提供生境的学生人数则少一些，提到热带雨林土著居民的学生就更少了，更多的女孩（70%）认为热带雨林是动物的栖息地，持此观点的男孩占 60%。

同样地，但总的比例要低一些，更多的女孩（13%）认为热带雨林为人类提供栖息的地方，而男孩的比例是 5%。这些观察数据与以前的研究基本一致，关于对热带雨林的使用和保护问题，女孩子显得对动物更有同情心，她们的观点对非人类动物生命似乎有一种固有的重视。

第四个问题是关于热带雨林遭受破坏的原因。也许鼓舞人心的是，超过半数的学生（59%）认为热带雨林的破坏是人类活动造成的，有的学生用"我们是"这样的表达法把责任个人化，大约 18%的学生特别提到了木材采运活动。

大约 10%的学生表达了一个错误的想法，那就是酸雨应该对热带雨林的破坏负责；相同比例的学生说污染正在破坏热带雨林。在这里，孩子们把热带雨林的破坏与被这些因素破坏的西欧森林混在了一块儿。尽管五分之二的学生认为热带雨林提供氧气，在某些情况下，这种回答也包含了一种错误的想法，那就是对热带雨林的破坏会减少空气中的氧气，使空气不适合地球上的人类生活。

在回答最后一个关于保护热带雨林的重要性问题时，大多数孩子只是简单回答我们的生存需要热带雨林，只有少部分学生（6%）提到热带雨林的破坏可能是全球变暖的原因之一。从媒体对这个问题连篇累牍的报道来看，这是很令人吃惊的。有一些孩子认为保护热带雨林并不重要。

本次研究的结果表明，有些想法在孩子们对热带雨林的看法中占有主导地位。学生们的回答表明，他们对热带雨林生态系统的基本科学知识有一些错误想法，比如他们对热带雨林作为动植物及人类栖息地的理解，对气候变化与热带雨林的破坏之间的关系的理解。

从学生们的回答中看不出他们已经意识到破坏热带雨林的原因的复杂性。换句话说，他们既没有显示出对热带雨林的重要范围的重视，也没有显示出对那些复杂的社会、经济和政治因素的重视，这些因素促使人们从事一些破坏热带雨林的活动。一件鼓励人的事情是，关于其他环境问题的类似研究的结果表明，大一点的孩子似乎能获得重视、评价和评估相冲突的观点的能力。环境教育提供了一个活动场所，这些能力可以在这里得到发展，这对这些作为未来决策者的孩子们来说是非常重要的。

READING PASSAGE 2

What Do Whales Feel?

词汇注释

whale *n.* 鲸（海洋中的哺乳动物，俗称鲸鱼）

cetaceans *n.* 鲸目动物（如鲸、海豚等）

mammal *n.* 哺乳动物

dolphin *n.* 海豚

porpoise *n.* 鼠海豚（尤指大西洋鼠海豚）

terrestrial *a.* 陆地的，陆生的

species *n.* （单复同）【生】种

baleen *n.* & *a.* 鲸须（的）

functional *a.* 官能的，机能的；有功能的，在起作用的

speculate *v.* 推测，猜测

blowhole *n.* （鲸等的）鼻孔

migrate *v.* 迁移，移动

neural *a.* 【解】神经的，神经系统的，神经中枢的

pathway *n.* 【生化】途径

sacrifice *v.* 牺牲

taste bud 【解】味蕾

degenerate *v.* 衰退，退化

rudimentary *a.* 未成熟的；已退化的

captive *a.* 被俘虏（或猎获的）；被关押的；受控制的

free-ranging *a.* 自由放养的

calf *n.* （复 calves）（象、鲸、鹿、河马等大哺乳动物的）仔，幼兽

subgroup *n.* 【生】亚群

courtship *n.* 求婚，求爱；（动物的）求偶

ritual *n.* （宗教等的）仪式；程序，礼制

vision *n.* 视力，视觉

at close quarters 接近地

grey whale 【动】灰鲸

right whale 【动】露脊鲸

humpback whale 【动】座头鲸

moderately *ad.* 一般，中等

stereoscopic vision 立体视觉，体视

freshwater *a.* （生在）淡水的

by comparison 比较起来

bottlenose dolphin 【生】宽吻海豚

keen *a.* 敏锐的，敏捷的

airborne *a.* 升空的，在空中的，在飞行中的

interface *n.* 界面，分界面；结合部位，

边缘区域

preliminary *a.* 初步的，起始的

experimental *a.* 试验（性）的，实验（性）的

accuracy *n.* 准确（性），精确（性）

leap *v.* 跳，跳跃

anecdotal *a.* 轶事的，趣闻的；含轶事的，多轶事的

variation *n.* 变化，变动；【生】变异，变种

habitat *n.* （动植物的）生境，栖息地

inhabit *v.* 居住于，栖息于

turbid *a.* 浑浊的，污浊的

slit *n.* 狭长的口子；裂缝，狭逢

intensity *n.* （电、热、光、声等的）强度

deteriorate *v.* 下降，退化

compensate *v.* 补偿，弥补

acoustic *a.* 听觉的

vocal *a.* 嗓音的；（用嗓子）发声的

vary *v.* 变化；有不同，呈差异

forage *v.* 搜寻

echolocation *n.* 回声定位

frequency *n.* 频率

repertoire *n.* 全部本领，全部功能

notable *a.* 值得注意的，显著的；可查觉的，有相当分量的

chorus *n.* 合唱；齐声说的话（或发出的喊声）

bowhead *n.* 【动】北极露脊鲸，弓头鲸

complex *a.* 组合的；复杂的

haunting *a.* 萦绕于心头的；给人以强烈感受的；使人不安的

utterance *n.* 发声；表达；说话方式

spectrum *n.* 系列；范围；幅度

sperm whale 【动】抹香鲸

monotonous *a.* （声音）单调的；单一得令人厌倦的

click *n.* 咔哒声，喀嚓声

complicated *a.* 复杂的，难懂的

communicative *a.* 通信的；交际的

speculation *n.* 思考，思索；推测，猜测

考题解析

Question 15－21 Table

15. 定位 taste→nerves→underdeveloped，原文为第 1 段第 7 行… have taste buds, the nerves serving these have degenerated… 要理解 these 指代 taste buds。

16. 定位 vision→stereoscopic→not，原文第 3 段第 6 行。

17. 定位 vision→stereoscopic→dolphins, porpoises，原文第 4 段首句。

18. 定位 vision→stereoscopic→forward and upward，原文第 4 段第 2 句。

19. 定位 vision→bottlenose→air－water，原文第 4 段第 3、4 句。注意文中 extremely keen 对应题干中 exceptional。

20. 定位 hearing→large→repertoire，原文第 6 段第 5 行。

21. 定位 hearing→song－like→and，原文第 6 段第 6 行。

Questions 22－26 Short Answer

22. 难题。题干中 mating（交配）一词文中似乎找不到。有考生注意到全文最后

一句话中的：communicative, social life 等词，思考 mating 是其中一种，误填 hearing。要记住雅思考试不会设置这种似乎相似的答案，正确的答案是很严谨的。原文真正出处在第 2 段倒数第 3 行有 courtship 一词，court 一词多义，既指"法庭、宫廷"，又指"求爱、追求"。最后注意答案应该填写名词形式 touch，如填写 touching 是一个动作，答非所问；如填 stroking or touching 同样也算错。

23. 定位题干中 upside down while eating，原文中第 4 段第 3 行 upside down while feeding。

24. 定位题干中 bottlenose, follow，原文第 4 段第 5 行开始：Judging from the way it（bottlenose dolphin）watches and tracks airborne flying fish... 其中 track 对应题干中 follow。

25. 定位题干中 habitat, good visual，原文第 5 段第 1、2 句。

26. 定位题干中 cetaceans, best developed，原文第 6 段第 3 行。

参考译文

鲸鱼有什么感觉?

一项对鲸目动物感官功能的研究，这组哺乳动物包括鲸鱼、海豚和鼠海豚。

一些我们及其他陆地哺乳动物认为理所当然的感官在鲸目动物身上要么减少或缺少，要么在水里不能充分发挥作用。比方说，从它们的大脑结构来看，齿鲸好像没有嗅觉；另一方面，长须鲸似乎有着某些相关的大脑结构，但它们是否起作用却不得而知。据推测，随着鲸鱼鼻孔的进化并移至头顶，为嗅觉服务的神经途径几乎全被牺牲掉了。同样地，尽管至少有些鲸目动物有味蕾，为之服务的神经却巳经退化或者还未发育成熟。

触觉有时也被描述得很弱，但这个观点也许是错误的。训练已经捕获的海豚或者小鲸鱼的人常说，他们的动物对抚摸或者按摩有反应。无论是巳经捕获，还是自由放养，所有种类的鲸目动物（尤其是成年和幼仔，或者同一个亚群中的成员），似乎都会有频繁的接触。这种接触也许有助于保持一个小组里的秩序。在大多数鲸目动物中，抚摸或者触摸是求偶的一种表示。鼻孔周围也特别敏感，捕获鲸一般会强烈反对摸那个地方。

不同的鲸目动物视觉发展得也不同。在水下受到近距离研究的长须鲸——尤其是一只捕获了一年的灰鲸仔以及在离阿根廷和夏威夷海面上研究和拍摄到的自由放养的露脊鲸和座头鲸 k——明显用水下视力跟踪过物体，很显然，它们无论在水下还是在空中都具有一定的视力。然而，由于眼睛的位置，长须鲸的视野受到限制，它们也许没有体视。

　　另一方面，大多数海豚和鼠海豚的眼睛位置表明它们有前体视和下体视。淡水海豚经常在吃东西的时候侧着或者倒着游泳，它的眼睛位置就表明它有前体视和下体视。比较起来，宽吻海豚的水下视力非常敏锐，从它观察和跟踪飞到空中的鱼的方式来看，它显然能通过空中与水面交界处看得相当清楚。尽管初步的实验证据显示海豚的空中视力较差，但它们能跳起来准确地从训练师手里取走小鱼，这为相反的结论提供了有趣的证据。

　　毫无疑问，这种变异可以通过鲸目动物的生长环境来解释。比方说，和那些生活在浑浊的河流和洪水泛滥的平原的鲸目动物相比，视觉对生活在清澈、开放水域的鲸目动物显然更加有用。比方说，南美的 boutu（一种鲸目动物）和中国的 beiji（一种鲸目动物）似乎就视力有限，印度的 susus（一种鲸目动物）根本看不见，它们的眼睛变成了眯缝眼，这也许只能让它们感觉光的方向和强度。

　　虽然触觉和嗅觉似乎已经退化，水中视力好像不能断定，鲸目动物发育良好的听觉对这些缺陷给予了充分的补偿。大多数鲸目动物都有很好的发音能力，尽管他们发出的声音各有不同，而且许多鲸目动物用回声定位的方法搜寻食物。大的长须鲸主要是使用低频率，它们的全套本领一般都十分有限。值得注意的例外是，弓头鲸会在夏天发出跟唱歌差不多的合唱声，座头鲸会发出复杂而吓人的声音。和长须鲸相比（尽管抹香鲸显然能发出一系列单调的高能咔嚓声，其他声音基本不会发），齿鲸一般会更多地使用频率范围，发出的声音种类更多。有些更为复杂的声音明显具有交际性，但是它们在鲸目动物的社会生活和"文化"中可能会起什么作用，这与其说是一个具体的科学问题，不如说是一个大胆的推测。

READING PASSAGE 3

Visual Symbols and the Blind

词汇注释

visual *a.* 视力的，视觉的

symbol *n.* 象征，标志；符号，记号

appreciate *v.* （充分）意识到，觉察；对…做正确评价，鉴别

outline *n.* 轮廓画；草图，平面图

perspective *n.* 透视画法，透视图；透视效果，透视感

arrangement *n.* 排列方法，排列形式

surface *n.* 表面；（喻）外表，外观

literal *a.* 用字母（或文字）表达的

representation *n.* 表示，表现，表述；说明，陈述

initiative *n.* 主动的行动

spin *v.* 旋转

motion *n.* 动，运动，移动

trace *v.* 勾画出…的轮廓，草拟

curve *n.* 曲线，弧线

be taken aback 吃一惊，被弄糊涂

illustration *n.* 说明，图解，图示

scholar *n.*（尤指人文学科的）学者

trend-setting *a.*（在思想、服装式样等方面）创新风的

cartoonist *n.* 漫画家；动画片画家

subject *n.*（事物的）经受者，（动作的）对象

rendition *n.*（物体在视觉中的）再现

spoke *n.* 辐条，轮辐

metaphorical *a.* 比喻的，比喻意义的

majority rule 多数裁定原则（指半数以上的人有权做出全体必须服从的决议或裁定等）

wavy *a.* 波状的，波浪式的

for that matter 就此而言；（用于补充或语气递进的陈述）而且

apt *a.* 恰当的，适当的

idiosyncratic *a.*（表现手法、风格等）特有的，独特的

sighted *a.*（人）看得见的，不盲的，有视力（或视觉）的

interpret *v.* 理解，了解

raised-line *n.* 凸起线条

depict *v.* 描画，描绘；雕出

perimeter *n.*【数】周，周长

volunteer *n.* 自愿参加者，志愿者

assign *v.* 指派，选派

wobble *v.* 摇晃，摇摆；抖动，颤动

steadily *ad.* 平稳地，稳定地

jerk *v.* 猝然一动

brake *v.* 用闸，刹车

control group（用作对照实验比较标准的）对照组

undergraduate *n.* 大学本科生

distinctive *a.* 特殊的，特别的，有特色的

signify *v.* 表示，表明

instance *n.* 例子，实例；情况，场合

consensus *n.* 一致同意，一致（或多数人）意见

evidently *ad.* 明显地，显然

metaphor *n.* 比喻；象征

doctoral *a.* 博士的，博士学位的；有博士学位的

symbolism *n.* 象征作用，象征意义

square *n.* 正方形，四方形

deem *v.* 认为，相信

ascribe *v.* 把…归属（于）

reveal *v.* 使显露，显示

shallow *a.* 浅的

resemble *v.* 像，与…相似；类似于

score *v.*（考试等中）得（分）

opposite *a.* 对面的；截然相反的；对立的

考题解析
Question 27－29 Multiple Choice

27. 难题。A 可明显排除，但 B、C、D 三个选项都较难区分。原文出处为第 1 段首句。参考中文译文理解句意。C 选项说：盲人能认出（recognise）一些惯例，比如透视图，和原文表达一致。B 选项中 can draw outlines of different objects 第 1 段没有；而 D 选项 can draw accurately 又太笼统，不准确。

28. 题干中 surprised 一词对应原文第 1 段第 7 行：I was taken aback.

29. B、C、D 选项可轻易排除，A 选项是 Part 1 的中心内容再现。读 Part 1 的最
　　后一段。

Question 30 — 32 Matching

30. 定位原文第 4 段第 5 行。

31. 定位原文第 4 段第 6 行。注意原文 quickly 一词对应 C 选项中 rapid。

32. 较难。定位原文第 4 段第 2 行。要区别 curve 和 wavy 两个词的含义，才能区
　　别 A 和 D 选项。如果留意到文章首段中已经出现过 curve 一词，并有示意图，
　　即可猜测 A 选项。＊请注意《剑桥雅思 4》中第 29 页 32 题图中有一条 spoke
　　轮辐画错了弯曲的方向，容易导致考生想到 wavy。

Questions 33 — 39 Summary

33. 首先定位 Part 2，然后在 Part 2 中第 2 段首句。

34. 较难。需要理解该实验是将成对单词和正方形和圆形这样的抽象形状进行配
　　对。定位 symbolism，原文出处在 Part 2 的第 1 段末句。

35. 首先找到原文最后一段首句：All our subjects deemed the circle soft and square
　　hard. 那么该题转化为 our subjects 到底是哪种人？往回找实验开始时对实验
　　对象的定义，即原文倒数第 2 段首句中 sighted subjects。

36. 定位"51％"，原文最后一段找到仍然在描述 our subjects，即 sighted sub-
　　jects。和 35 题相同。

37. 定位"51％"，原文最后一段第 6 行。

38. 定位到原文最后一段第 7 行。

39. 定位到原文最后一段第 9 行，注意原文中 closely resembled 对应单词 similar。

Question 40 Multiple Choice

40. 注意文章首句和末句，轻松选出 B。

参考译文

视觉符号与盲人

第一部分

　　最近一些研究已经清楚表明，盲人能够理解为描述物体排列和在空间中的
其他表面所使用的轮廓图和透视图。而图的含义不会局限在表面。这个事实引
起了我的极大关注，因为在我做一项调查时，一位盲人妇女主动提出要画一个
转动着的轮子，为了体现动感，她在一个圆圈中画了一条曲线（如图 1），这让
我大为吃惊。动感线条，比如她用的弧线，在图示历史上是很新的发明。的确，
正如艺术大师 David Kunzle 所说，19 世纪创新风漫画家 Wilhelm Busch 直到大

约 1877 年才开始在他广受欢迎的人物身上使用动感线条。

当我要其他几个盲人调查对象画转动着的轮子时，一种特别聪明的再现方法反复出现了：有几个调查对象用弧线表示轮辐。我问他们为什么用弧线，他们都说它们是表示动感的比喻手法。多数裁定原则可能会说，这种方法不管怎样都能很好地表示动感，但与其他线条相比，比如说虚线或者波浪线，它的动感效果就更好吗？答案不得而知，所以我决定检测一下到底是这些表示动感的线条适合表示动感，还是它们只是风格独特的符号。此外，我还想弄清楚盲人和有视力的人对动感线条的理解到底有没有区别。

为了找到这些答案，我创作了 5 幅不同轮子的凸起线条画，用不同的线条表示轮辐：弧形、弯形、波浪形、虚线形和在轮子周长之外延伸形，然后请 18 位盲人志愿者先摸轮子，之后把下面的运动状态和每个轮子对号入座：抖动、快速转动、匀速转动、猝然转动和刹车。我的对照组是从多伦多大学挑选出来的 18 名有视力的大学本科生。

除了一个盲人外，其他受试者都能把有特色的运动状态和轮子对起来。大部分人猜测弧形表示轮子在匀速转动；他们认为波浪形表示轮子在抖动；弯形则被认为是表示轮子在猝然转动。受试者认为，轮辐延伸至轮子周长之外表示正在刹车，而虚线形轮辐则表示轮子在快速转动。

此外，在每一种情况下，有视力的人最喜欢的描述和盲人最喜欢的描述是一样的。更重要的是，有视力的人达成的一致意见几乎不比盲人高。由于盲人不熟悉转动方法，我给他们的任务涉及到一些解题问题。但是，那些盲人显然不仅弄明白了每种动感线条的意思，而且作为一个小组他们一般情况下得出的相同意思至少经常和有视力的人一样。

第二部分

我们发现，盲人还能理解其他类型的视觉比喻。一位盲人妇女在一颗心里画了一个小孩儿——之所以选择这个符号，她说，是想表示孩子被爱包围。我已经开始和来自中国的博士生 Chang Hong Liu 研究盲人对各种没有直接意义的形状的象征意义的理解，比如说心形。

我们给有视力的受试者 20 组词，让他们从每组词中选出跟圆形密切相关的词和跟正方形密切相关的词。例如，我们问：什么跟柔软相配？圆形还是正方形？什么形状跟坚硬相配？

所有受试者都认为圆形配柔软，正方形配坚硬；高达 94％的人把快乐而不是悲伤和圆形联系起来；其他组词的一致性则低一些：79％的人分别把快和慢、弱和强组成对，只有 51％的人把深和圆形、浅和正方形联系起来。（如图 2 所示）当我们用同样这组词测试 4 名全盲志愿者时，我们发现他们的选择与有视力的人选择很相像。其中有个一出生眼睛就看不见的盲人拿到了相当好的分数，他只有一组词和大家的意见不一样，他把"远"跟正方形、"近"跟圆形配成了对。事实上，只有刚刚过半数的有视力的受试者——53%——把远和近的对象反了过来。因此，我们的结论是：盲人对抽象形状的理解和有视力的人一样。

与圆形/正方形有关系的词	受试者的一致意见（%）
柔软/坚硬	100
母亲/父亲	94
快乐/悲伤	94
好/坏	89
爱/恨	89
活/死	87
亮/暗	87
轻/重	85
热/冷	81
夏/冬	81
弱/强	79
快/慢	79
猫/狗	74
春/秋	74
安静的/喧闹的	62
行走/站立	62
单数/双数	57
远/近	53
植物/动物	53
深/浅	51

图 2　受试者要指出每组词哪个适合圆形、哪个适合正方形，图中比例显示有视力的受试者意见的一致水平。

WRITING

WRITING TASK 1

这是考官准备的一篇优秀范文（原文在《剑桥雅思4》第162页），请注意答案可以千变万化，下面只是其中之一。

本表对1999年澳大利亚的各种贫困家庭进行了分析。

平均来说，家庭总数的11%，差不多是200万人，生活在贫困之中。但是，单亲家庭或者独生身生活的人几乎是这个比例的两倍，分别为21%和19%。

结了婚的家庭一般生活不错，没有孩子的夫妻贫困水平相对较低（7%），有孩子的则相对较高（12%）。可以看出，两种有孩子的家庭当时的贫困人数都超出了平均水平。

老年人生活贫困的可能性较小，虽然老年夫妻的情况（只有4%）同样比独居老人的情况（6%）更好。

总的来说，本表表明单亲家庭和有孩子的家庭比由夫妻组成的家庭更有可能生活在贫困之中。

WRITING TASK 2

This model has been prepared by an examiner as an example of a very good answer.

Media play an important part in every individual's life. No matter what the medium is, information is disseminated on a daily basis to billions of people throughout the world. There are of course some forms of media that are, for obvious reasons, better suited to this monumental task than others. I have chosen three types of media I think have both advantages and disadvantages.

First, television is probably one of the most efficient ways of delivering news and other types of information. One of the main advantages of television is that it is easily accessible to most people in developed countries and can deliver breaking news within minutes. A disadvantage is that it is considered a relatively new technology in developing countries and is not as accessible as other forms of media.

Secondly, radio runs a close second to television but is far more accessible to a larger population. It is cheaper and easier to purchase and the only thing lacking is the visual. It is also far more portable than TV. I often see older people out for a walk with their radio in hand listening for the latest news. The only disadvantage that I can think of would be the quality of the broadcast signal. In larger cities this may not be a factor, but in the countryside, it would definitely be a consideration.

Thirdly, books are probably the most accessible and most affordable of the three I have chosen, which is the obvious advantage. The major disadvantage would be the time it takes to compose, edit and publish. It takes some time for books to reach the consumer thus the information is often out of date. There is also the consideration of the literacy rate within a specific country.

In conclusion, I would say television, though not fully accessible to all, is probably the best way of conveying information.

(311 words)
参考译文

　　媒体在每个人的生活中都起着重要作用。无论通过什么媒体，信息每天都在传播给世界各地数十亿的人们。当然，有些形式的媒体比其它媒体更适合完成这一重大任务，其中的原因很明显。我选了三种媒体，我认为它们各有利弊。

　　首先，电视可能是传播新闻和其他信息最有效的途径之一。电视的主要优势之一是发达国家的大多数人很容易就能看到，重大新闻在几分钟之内报道出来。美中不足的是，在发展中国家，电视相对来说还是一门新的技术，其覆盖率不如其它形式的媒体。

　　其次，收音机仅次于电视，但其受众要大得多。它更便宜，人们更容易买得起，唯一的缺陷是它没有视觉效果。它比电视更易于携带。我常常看到一些老人外出散步时手里拿着收音机听最新消息。我能想到的唯一不足是广播信号的质量问题。大城市可能还好，但在乡下，这个问题无疑就值得考虑了。

再者，书籍是我所选择的三种媒体中最容易得到、最能买得起的，这是它的明显优势。它的主要缺点在于书的创作、编辑和出版需要很长时间，书到达读者手里也需要一段时间，书中提供的信息往往会有些过时。具体到一个国家还要考虑到人们的识字能力。

总之，我认为尽管电视的普及率不变，但它仍可能是传递信息的最佳途径。

SPEAKING

Band 9 Speaking Test Scripts

E: = Examiner   C: = Candidate

PART 1

E: Let's talk about your friends.

C: OK.

E: Are your friends mostly your age or different ages?

C: Most of my friends are the same age as I am but I do have some older friends who are mostly foreign.

E: Why?

C: Do you mean why do I have older friends?

E: Yes.

C: Because when I was growing up in Beijing, I lived on campus because my dad was a professor so I met a lot of his graduate students over the years and we became friends. Anyway, I think that I grew up quicker than some of my younger friends.

E: Do you usually see your friends during the week or on the weekends?

C: Ah, usually on the weekends because I don't have that much free time during the week.

E: The last time you saw your friends, what did you do together?

C: We went to the Den to dance and have a few beers. Didn't like it much though because it was too loud.

E: In what way are friends important to you?

C: They provide some sort of stability in my life. You know, I always have someone other than my parents I can use as a sounding board. They're always around if I need help. Of course I'm there for them too. It works both ways.

PART 2

C: All right. I would like to tell you about the Silk Road. It's an ancient trading route opened up by the Han Dynasty. Silk merchants from the second century AD used it until its decline in the 16th century; now the Silk Road is open in parts to tourists who want to explore its heritage. This long string of caravan trails, oases, roads and mountain passes, stretched from northern China, through the desert and mountainous regions to ports on either the Caspian Sea or Mediterranean Sea, and was the conduit for goods and ideas passing between ancient China and the West. The Mongols later used the Silk Road to bind their vast empire, as Marco Polo found when he traveled it in the 13th century. The two main routes are split into the north route and the south route. The Silk Road was a major highway for the spread of Buddhism into East Asia, and later for the growth of Islam, and consequently many ruins dating back to the early centuries can still be seen. Within China the main sights are found in Xinjiang Province, including the Buddhist grottos at Dunhuang, and ancient relics at Turpan, such as the ruins of the city of Jiaohe. Travel along the Silk Road can be quite difficult because of the climate and lack of developed infrastructure. I just think historical places like this are so interesting because you can imagine what life was like for people so long ago.

PART 3

E: How do people in your country feel about protecting historical buildings?

C: I think that they're pretty apathetic. I don't really think they care one way or another. All people think about these days is money and how to get ahead. They don't seem to care about the past, which of course is our heritage, and we will never be able to rebuild what we tear down or cover in water.

E: Do you think an area can benefit from having an interesting historic place locally? In what way?

C: Yes, because if you maintain it you can charge money for entrance and the local economy can benefit from the tourists who come to visit. Restaurants, hotels and all the other businesses can make money that decreases unemployment and increases local wealth.

E: What do you think will happen to historic places or buildings in the future? Why?

C: If Beijing is any indication, I don't think there will be many historic buildings left. They can make more money off the property where these buildings presently stand by tearing them down and allowing developers to put up office buildings, apartments and hotels. It's a matter of finance. As for the historical places like the Summer Palace, the Forbidden City and so on, they will always be around because they are world famous and generate enough income to maintain the fabric of the sites.

E: How were you taught history when you were at school?

C: We were taught the usual way, by memorizing the text so we could pass the exams. Nothing was really explained to us. We were taught to listen, and not to question the teacher. I really liked history, though, so I did a lot of reading about history on my own. I particularly enjoyed reading historical fiction.

E: Are there other ways people can learn about history, apart from school? How?

C: Yeah, just like I said before, you can read about in your spare time or actually go to places like the Forbidden City and ask people there about what went on. There are DVDs about history; especially some of the emperors like the guy who had all the terracotta warriors made in Xi'an. I can't remember his name right now.

E: Do you think that history will still be a school subject in the future? Why?

C: Yes, because we all learn from our mistakes and all of those have been made in the past. If we didn't we would be fools. You can look at history and see where people went wrong and avoid going there again.

Test 2

LISTENING

SECTION 1

谈话场景：旅游场景

人物关系：两个旅行者，两个朋友

谈话主题：谈论关于参观某地的问题，包括当地的名胜古迹，当地的风味小吃。

词汇注释

chilled *a.* 冷却的，冷冻的

cash *v.* 把…兑现

temporarily *ad.* 暂时地，临时地

transaction *n.* （一笔）交易，业务

architect *n.* 建筑师

cathedral *n.* 大教堂

botanical *a.* 植物的

spectacular *a.* 壮观的，壮丽的，蔚为奇观的

picnic *n.* （自带食物的）郊游野餐

swan *n.* 天鹅

考题解析

Question 1

1－5 题为选择题，并且都给出了问题和选项。对于这类题，考生一定要注意先预测选项，看清楚问题，并浏览选项。带着问题去听对话，往往能很快抓住问题的答案。对于这一部分题，正确选项一般是对原文的改写，所以要注意同义替换的情况。

此题主要考查 "chilled mineral water" 一词的含义。"chilled" 意为 "冷冻的"，读为 [tʃild]，如：chilled meat 冷藏肉。另外，"mineral water" 就是 "矿泉水" 的意思。所以在这里，"chilled mineral water" 指的实际上就是 "a cold drink"。

Question 2

此题的考查角度同样是同义替换。原文中提到的 "the computer system was temporarily down" 的意思是 "电脑系统出毛病了"，与选项 C 的意思实际上是一致的。在这个句子中，考生需注意短语 "something is down" 等于 "something is broken down"，意为 "某物出毛病了，出故障了"。另外，选项 A 中提到的 "the exchange rate was down"（汇率下降），与原文中提到的 "the exchange rate was looking healthy"（汇率看起来还不错）的意思是不一致的，所以不能入选。

Question 3

这个题目相对来说比较简单，因为原文中提到了 "a tourist, from New York"，表

明跟 Peter 说话的人是一个 "纽约来的人"，那么也就是说是个美国人。但是，选项 C 也很容易被错选，因为原文中提到了 "he's moving on to Germany tomorrow"（他明天准备去德国），如果考生没有看清题目就选的话，很容易犯这样的错误。可见，看清问题相当重要。

Question 4

此题还是考查同义替换，原文提到的是 "the bus system"（公交系统），实际上就是选项 B 中提到的 "the bus routes"（公交线路）。此处，"route" 一词意为 "路线，路程"，读为 [ru:t]。

Question 5

此题实际上是考查较难单词的含义。原文提到 "a snack and a drink"，此处的 "snack" 意为 "小吃，快餐"，读为 [snæk]。

Question 6

6—8 题较难。观察所给信息，考生可以发现实际上要填的是关于旅游点的一些信息：整天开门的地方，星期一不开门的地方，不要钱就可以进去的地方。所以在听题的时候，一定要特别注意所提到的每个旅游点的这方面的信息。

此题原文提到的是 "Cathedral itself is open morning and afternoon"，实际上就是说 Cathedral 整天都开门，考生在听题的时候一定要注意这一点，一个简单的同义替换。

Question 7

这一题相对来说简单一些。原文提到 "We can see other places on Mondays, you know. But I don't think the Markets will be open then, they only open on Thursday."（我们可以在星期一去看其他地方。但是我认为 Markets 在星期一的时候不会开门，那儿只在星期四开门。）所以原文实际上是委婉地提到了 "Markets 在星期一的时候不开门"，考生一定要注意这一点。

Question 8

此题考查转折词。原文提到 "there's a charge for all of them except the Botanical Gardens"（所有地方都要钱，植物园除外），考生需注意此处的转折词 "except"，一般来说，表示转折的连词后面一般埋伏着考点。另外，此题前给出信息里提到的 "free entry" 表示的意思是 "免费项目"。

Question 9

此题要填的是 Peter 和 Sally 第一个想要参观的地方。原文中提到 "We'll go to see the painting you like first"（我们将先参观你所喜欢的一些绘画作品），这里提到的 "绘画作品" 应该在 Art Gallery（美术馆）展出。此处同样是作者提到的委婉和隐含的信息。

Question 10

此题很简单，原文中直接提到了 "I really want to do at the Cathedral is climb the tower"（我在 Cathedral 最想做的事情就是爬上高塔），此题中，所听即所选。

SECTION 2

谈话场景：学校生活场景

人物关系：主讲者为学校学生咨询处的老师，听众基本上是留学生

谈话主题：介绍学生咨询处所负责的有关学生学习生活方面的问题，包括课程咨询，个人问题咨询等等。

词汇注释

counselling service *n.* 咨询服务

chase up 为某一目的而寻找；不断要求得到（某人的注意等）

adjust *v.* 适应

unfamiliar *a.* 不熟悉的，不常见的，陌生的

mount *v.*（在数量上）增加，增长，（在程度上）加剧

creep *v.* 不知不觉地到来

trigger *v.* 引起，促使

interrupt *v.* 中止，打扰，打断

unmotivated *a.* 动机（或目的）不明确的

chaplain *n.*（军队、监狱、医院、船舰等的）牧师，祭司，犹太教教士

self-esteem *n.* 自尊（心）

resit *v.*（尤指考试不及格后）再参加（笔试）

anthropology *n.* 人类学

sympathetic *a.* 同情的，有同情心的，表示同情的，出于同情的

dietary *a.* 饮食的，有关饮食的

dietician *n.* 饮食学家，膳食学家

appeal *v.* 呼吁，吁请，恳求

考题解析

Question 11

此题也是考查对原文的概括和改写。原文提到 "We can chase up your tutor if you're not getting proper feedback on how you are getting on in your subject."（如果你在该门课上的进展情况没有得到来自导师的及时反馈，我们可以出面敦促你的导师），与选项 C 的意思是一致的。注意原文中 "feedback" 一词的意思，该词意为 "反馈，反应"，读为 [ˈfiːdbæk]。

Question 12

此题较难，考察的依然是对原文的理解和把握。题干里提到了 "stress" 一词，所以听到这个词的时候应该特别注意。原文提到了 "You'll have to start adjusting to teaching and learning methods that may be unfamiliar to you, as well as the mounting pressure as the deadline of that first assignment creeps up to you. "（你必须开始调节自己，使自己适应陌生的教学和学习方式，以及第一次作业最后上交日期渐渐来临的压力。）在这一句里，说话者提到的压力有三个方面：教学方法压力、学习方式压力，以及交作业时间的压力。此句中有几个词语值得考生注意："adjust to"意为"调整；调节；使适合；使适应"，如："He adjusted himself very quickly to the heat of the country. 他使自己很快适应了这个国家炎热的气候。"；"creep up"意为"渐渐出现，慢慢来临"。

Question 13

此题考查对原文的准确把握。原文提到"You have to cope with all this without your usual social network—you know, the social contacts, family and friends you could normally rely on for help. "（你必须自己来应付，而不是通过你平常所习惯的那些社会网络，也就是说，那些社会关系——你通常所依靠的家人和朋友。）这句话其实也就是说"缺乏了家人和朋友的支持与帮助"。注意题干中的"handle"一词实际上就相当于原文中的"cope with"一词，听文章时抓住这个线索词比较重要。另外，此题还要注意不要错选选项 C，该选项的意思是"他们发现很难合群，很难和人交往"，但原文的意思并不是说"他们很难和人交往"，说的应该是"缺乏了家人朋友的帮助，缺乏了以往的社会关系"，强调的侧重点是大相径庭的。

Question 14

此题相对来说较为简单。题干中提到"personal crisis"（个人危机感）一词，所以在听题的时候要特别注意这个线索词后面的内容。原文提到的"interrupted personal relationships"（被打断了的个人关系）实际上就相当于选项 D 中所涉及到的内容"disruptions to personal relationships"（破坏个人关系）。在这里，"disruptions"一词意为"中断、破裂"，读为 [dis'rʌpʃən]。考生应特别注意要避免选择选项 B，这个选项的意思是"学生自己国家的商业问题"，这和原文中所提到的"unfinished business"（未竞事业）完全是两个概念。

Question 15

此题主要考查对于短语的把握。原文中提到的"drop out of a course"（退课），其意思就相当于选项 B 中提到的"没有完成一门功课"。另外，此题题干中的"self-esteem"一词意为"自尊，自重"。

Question 16

此题在做题时较难把握。原文中提到"the local food is not to your liking"（当地食物不合你的胃口），意思就是选项 C 中所提到的"他们不吃当地食物"。此题题干中提到了"学生应该咨询 Glenda Roberts，如果…"，一般来说，听题时注意人名 Glenda Roberts 就可以了，这个人名后面的信息应该就是要考信息。但是此题的正确答案在人名 Glenda Roberts 出现之前，所以说此题较难把握。不过，考生如果能在听题前充分预测选项，要找出正确选项还是不难的。

Question 17

此题较为简单。原文提到 "full-time students can get a low-interest loan of up to six hundred dollars to buy books and for similar study-related expenses."（全日制学生可以申请一笔高达六百美元的低息贷款，来买书籍以及其他类似的学习有关花费。），这其实也就是选项 A 所提到的"帮助买书"。值得注意的是，选项 C 中所提到的 "no-interest loan"（无息贷款）和原文中提到的 "low-interest loan"（低息贷款），两者意思是完全不一样的，考生在听音时要注意分辨鼻音和非鼻音的区别。

Question 18

原文提到，"when you move into a flat, starting-up expenses, including furniture for it, can be covered by a loan"（当你搬进公寓，一些开始时的基本建设花销，包括买家具的花销，你都可以贷款。），也就是说，学生如果需要买家具，同样是可以申请贷款的，与选项 B 的意思想吻合。注意题干中的 "available" 一词，意为"可用到的，可利用的"，读为 [e'veiləb (ə) l]。

Question 19

此题非常简单，仅仅是考察考生对数字听写的能力。注意分辨 "fourteen" 和 "forty" 两个词的读音差别。

Question 20

此题考察文章的结尾。原文提到 "not too bad for an understaffed service"（员工缺乏情况下的服务也不错），意思就相当于选项 A 中提到的"尽管员工缺乏，工作效率还是很高"。考生在做题时，要充分理解原文，并找到同义替换的选项。

SECTION 3

谈话场景：作业场景
人物关系：同学之间
谈话主题：谈论如何写论文，如何收集数据，以及查阅参考书

词汇注释

queue n.（排队等候的）一队人

questionnaire n. 用问题单进行的调查

time-consuming a. 耗费时间的，旷日持久的

reckon v. 以为，认为，想

reliable a. 可靠的，可信赖的

drawback n. 缺点，欠缺，不利条件，障碍

departmental a. 部（或部门、系、科等）的

tutorial n. 大学导师的个别指导时间，大学导师的辅导课

考题解析

Question 21

观察已知信息，得知对话内容是关于某项作业的详细信息的。已知图表表明，作业分为三个部分：小论文、小规模调查以及调查报告。需填信息也很明确：小论文的题目及要求字数、小规模调查的数据收集范围，以及调查报告的字数。所以考生在听题时，实际上对对话的内容已经大致了解，带着问题去听题相对来说就容易多了。

此题很简单，所听即所选。需要注意的是，不能直接写成 "collect data"，因为在介词 "of" 后面，所以要用动名词 "collecting"。

Question 22

此题考查数字的听写。英文中，写千以上的数字时，最好用分割符号隔开。

Question 23

此题很简单，考查数字的听写。

Question 24

此题同样考查数字的听写。考生要注意的是，不能写成 "3——4,000"，这样的话完全错误。

Question 25 —Question 26

此题做题时需要注意两点：首先，要注意题目要求从给出的五个选项中选出两个选项，是一个多选题；其次，题干中提到的 "disadvantage" 一词实际上就是原文中提到的 "drawback"（缺点、障碍），把握这一点非常重要。此题中，选项 B 即原文 "response rate... is too low"（反馈率太低）的改写；选项 C 即原文 "tends not to reveal anything unexpected"（可能不会反应没有预料到的情况）的改写。考生在听题时，只要能抓住原文中的 "drawback" 一词，不难选对正确选项。

Question 27……

观察所给表格，可知需要填的信息分别是：作者名字、书籍名字、出版商名字，以及出版年月。所以，在听题时，要时时刻刻注意与已知信息相应的一些其它相关信息。

此题考查对字母听写的速度。注意，由于是人名，该词首字母一定要大写。

Question 28

此题需注意的是，由于是书籍名称，所以每个单词的首字母都要大写。另外，所填 "survey" 一词的意思是 "测量，调查"，读为 [se'vei]。

Question 29

此题同样要注意大小写的情况。专有名词的首字母需要大写。

Question 30

此题考查数字的听写，较为简单。

SECTION 4

谈话场景：学术报告场景
人物关系：主讲者为犯罪行为学专家
谈话主题：介绍（公司）集团犯罪的定义、研究现状、成因，以及社会影响。

词汇注释

preoccupation n. 全神贯注，入神
in accordance with 与…一致，依照，根据
quote v. 引用，引述
unquote v. 结束引文
embezzlement n. 盗用，挪用（公款），侵吞（财物）
fraud n. 诈欺，诈骗
excusable a. 可原谅的，可辩解的，可免除的
serial n. 连载小说（或剧本、图画等）
victim n. 牺牲者，受害者，受骗者
assess v. 对…进行估价
dilute v. 稀释，冲淡
carton n. 纸（板）盒，纸（板）箱，

（硬蜡纸制的）液体容器，一纸板盒的量
deception n. 欺骗，诓骗，蒙蔽；诡计，骗术
deprive v. 夺去，剥夺，使丧失
undermine v. 暗中破坏，逐渐损害（或削弱）
oil tanker 油船，油轮
subsequent a. 随后的，后来的
blame n.（过错、事故等的）责任
deliberately ad. 故意地，蓄意地
intentional a. 有意的，故意的
tragic a. 悲惨的，可悲的，可叹的
innocent a. 无辜的，清白的，无罪的

考题解析

Question 31

此文由于是学术报告，所以包含了较多的专业术语。但是考生做题的时候不能被较难的专业术语所吓倒，仔细观察已知信息，带着问题去听文章，很快就能找到问题的答案。

此题不难，考察的是开头所提到的（公司）集团的定义。实际上，考生顾名思义也能把正确答案选对。

Question 32

此题首先要注意题干中的"not"一词，题干的意思是"（公司）集团犯罪不包括的方面"；其次，原文直接提到了"so crimes like theft by employees... are excluded according to this definition"（所以诸如员工偷盗之类的罪行并不算在内），与选项 A 的意思完全相同；再次，从第 31 题可知，所谓的（公司）集团犯罪肯定与

传统意义上的犯罪有所区别，所以在选项中选出传统意义上的犯罪的选项就可以了。此题提示我们，考生在做题时要注意举一反三，而且一篇文章的前后应该是连贯的，是有逻辑联系的，所以要注意利用一切已知信息来做题。

Question 33

仔细观察所给图表，可以发现文章分为三部分：（公司）集团犯罪被忽视的方面、原因以及影响。考生听题时应该在脑袋里勾画出这个轮廓。

此题不难，抓住题干中"been ingored by"（被忽视）一词，所以文中听到这个线索词的时候要特别留意。"mass media"一词意为"大众传媒"，需要注意"media"一词的读音 [miːdiə]，该词意为"媒体"。

Question 34

此题解题时同样需要抓住线索词"been ignored by"。注意，此题"circles"一词一定要用复数。"academic circles"意为"学术界"。"academic"意为"学术的，学院的"，读为 [ækə'demik]。

Question 35

此题所听即所选。"specialist knowledge"意为"专业知识"。

Question 36

此题较为简单。原文提到了"the third reason"（第三个原因），所以考生听题时应该引起注意。

Question 37

此题要填的信息是（公司）集团犯罪的经济影响的一个方面：对于什么人/方面来说，其经济影响并不重要。考生听题时要紧紧抓住这个线索。注意"customers"一词要用复数。另外，"individual"一词要注意拼写，意为"个别的，个人的"，读为 [indi'vidjʊəl]。

Question 38

原文提到的"massive illegal profit"（极大的非法所得利润），"massive"一词实际上就相当于题干中所提到的"large"一词，考生需要注意这个同义替换。"illegal"一词意为"违法的，不合规定的"，读为 [i'liːg(ə)l]；"profit"一词意为"利润，得益"，读为 ['prɔfit]。

Question 39—Question 40

这两个题较难把握。首先要注意所给六个选项中有两个是正确选项。其实观察所给选项，可以发现，选项 A 和 B 显然都不合适，因为说话者举的例子很明显是为了说明什么叫作"（公司）集团犯罪"，而这两个选项与原文相背离。另外，原文中提到"Now this illustrates two points to do with corporate crime. First of all, that it does not have to be intentional."（这样，这个例子就说明了（公司）集团犯罪的两个特征。首先，这种类型的犯罪可能并不是人为故意的），这样，选项 C

显然应该排除。接下来，原文又提到"The main crime here was indifference to the human results rather than actual intention to harm anyone, but that didn't make the results any less tragic."（这个例子中，主要的罪行是对人员后果的漠不关心，而不是有意要去伤害什么人，但这样一来，后果也是非常惨痛的），可见选项 D 和 E 比较好地阐释了这句话。

READING

READING PASSAGE 1

Lost for Words —— Many minority languages are on the danger list

词汇注释

minority *n.* 少数；少数民族

native *a.* 土生土长的，本地的，当地的 *n.* 土生土长者，本地人，当地人

Navajo *n.* 纳瓦霍人（散居于新墨西哥州、亚利桑那州及犹他州的北美印第安人）；纳瓦霍族；纳瓦霍语

sprawl *v.* （懒散地）伸开四肢躺（或坐）；（城市等）无计划地扩展（或延伸）

linguist *n.* 语言学家

vanish *v.* 消失

generation *n.* 代，一代（约指 20 至 30 年）；一代人，同代人

linguistic *a.* 语言的；语言学的

diversity *n.* 多样性

shrink *v.* （shrank 或 shrunk；shrunk 或 shrunken）变小，减少

dominate *v.* 支配，统治；在…中占首要地位

evolutionary *a.* 演变的，演化的；【生】进化论的，依据进化论的

mass *a.* 大量的，大规模的

extinction *n.* 消亡，灭绝

rebound *v.* 弹回，跳回；重新跃起，回升

isolation *n.* 隔离，孤立

breed *v.* 养鱼，培养，酿成，惹起

pepper *v.* （撒胡椒面般地）在…上洒；使布满

endangered *v.* 危及，使遭危险

critically *ad.* 严重地

reject *v.* 咀嚼，排斥

crisis *n.* （复 crises）危机

confidence *n.* 信任；信心，把握

alongside *prep.* 在…旁边；沿着…的边

faith *n.* 新人，信心，信念

teens *n.* （年龄）十几岁（指 13 至 19 岁）

induce *v.* 引诱，劝

voluntary *a.* 自愿的，志愿的

promote *v.* 增进，促进；发扬，提倡

reservation *n.* （美）（加拿大）（印第安人）居留地

chair *v.* 担任（会议、委员会等的）主席，担任（宴会等的）主持人

deadly *a.* 致死的，致命的；极有害的，破坏性的

globalisation *n.* 全球化；全球性

adapt *v.* 适应

socio-economic *a.* 社会经济（学）的；涉及社会和经济因素的；社会和经济地位的

comparison *n.* 比较，对照

intimately *ad.* 密切地

bound up with 与…有密切关系

preserve *v.* 保护

shift *v.* 转移，移动。改变位置（或方向）

deprive *v.* 夺去，剥夺；使丧失

mount *v.* （在数量上）增加，增长

physiological *a.* 心理的，精神的；心理学的，心理学家的

perception *n.* 感知，感觉；认识，观念，看法

pattern *n.* 模式，模型；形式，方式，风格

identity *n.* 身份，本身；个性，特性

dire *a.* 可怕的，使人感到痛苦的；预示灾难的，不祥的

prediction *n.* 预言，预计

foster *v.* 培养，促进；养育

ancestral *a.* 祖先的；祖先传下的

tongue *n.* 语言，方言，土语

dominant *a.* 占优势的；主要的

survive *v.* 活下来，幸存

bilingualism *n.* 熟练地讲两种语言的能力；双语制，两种语言的使用

erosion *n.* 腐蚀，侵蚀；减少，损害

Maori *n.* （新西兰的）毛利人，毛利语

rekindle *v.* 再点燃，重新燃起；重新激起

Polynesian *a.* （中太平洋岛群的）波利尼西亚的，波利尼西亚人的，波利尼西亚语的

apprentice *n.* 学徒，徒弟；初学者，生手

indigenous *a.* （尤指动、植物分布）当地的，本地的，土生土长的

pair up with 成对，成搭档

weave *v.* 织，编，编制

exclusively *ad.* 仅仅，专门地

sufficiently *ad.* 足够地，充分地

fluent *a.* 说话流利的，熟练自如的

jar *n.* 罐子，坛子

revive *v.* 使复兴，振兴；使重新流行

essential *a.* 必不可少的，绝对必要的，非常重要的

revival *n.* 复苏，复活；复兴，重新流行

考题解析

Questions 1—4 Summary

1. 较难。定位题干中 6800，variety，as a result of。原文第 2 段首句出现 6800，答案在此后寻找。第 3 段首句：Isolation breeds linguistic diversity... 其中 diversity 对应 variety；breeds 对应 as a result of。

2. 较难。定位 government。原文第 5 段中出现。43 页第 8 行：有人认为比 government policy 更严重的因素（deadliest weapon），是 economic globalisation。

3. 原文第 7 段第 2 句：But a growing interest in culture identity may prevent... 其中 prevent 一词对应题干中：ensure... do not die out 的表达。

4. 定位词 apprentice schemes，teach people。原文倒数第 2 段倒数第 12 行中：to learn a traditional skills... 其中 learn 对应 teach。

Questions 5—9 Matching

5. 定位词 more than one language。原文第 7 段第 11 行：Most of these languages will not survive without a large degree of bilingualism.

6. 较难。定位词 not in itself a satisfactory goal。原文第7段倒数第3行：Preserving a language is more like preserving fruits in a jar... 其中 more like 对应 not in itself。

7. 原文第6段倒数第9行：Your brain and mine are different from the brain of someone who speaks French...

8. 定位词 young people。原文第4段倒数第4行：When the next generation reaches their teens, they might not want to be induced into the old traditions.

9. 定位词 culture。原文第6段第1、2句。

Questions 10－13 Yes/No/Not Given

10. 原文第3段第8行：Navajo is considered endangered despite having 150,000 speakers.

11. 原文第3段第10行：What makes a language endangered is not just the number of speakers, but how old they are.

12. 定位词 government。原文第5段中出现 government，说政府为了提高全国的统一性，政策上对少数民族语言有不利的影响。对这一做法，作者没有评论，更没有提到政府应该保护。

13. 原文中多处提到语言学家们正在努力，后果难料，当然不是 inevitable。比如第2段最后一句；第7段第1、2句；最后一段首句。

参考译文

语言的消失

许多少数民族语言已被列入危险名单

在美国西南部横跨4个州的土著民族纳瓦霍人当中，纳瓦霍语正在消失，因为大多数说纳瓦霍语的人不是中年就是老年。虽然有许多学生学纳瓦霍语，学校里教课都是用英语。街上的标牌、超市里的货物、甚至他们自己的报纸都是用英语。毫无疑问，语言学家们怀疑一百年以后还会有土生土长的人讲纳瓦霍语。

像纳瓦霍语这种情况决不只一家。世界上6,800种语言当中有一半将在两代人的时间内消失——相当于每10天少一种语言。地球上的语言多样性以前还没有以这样的速度减少过。"目前，我们正在朝3、4种语言统治世界的方向走，"里丁大学进化生物学家 Mark Pagel 说，"这是一种大规模的消失，我们能否挽回这种局面现在很难说。"

隔离带来语言多样性：最后的结果是，世界上到处都是只有少数人讲的语言。只有250种语言使用者超过一百万，至少有3,000种语言使用者不到2,500

人，而即将消失的却不一定是这些少数语种。说纳瓦霍语的人尽管有15万，却也被认为是濒临灭绝。使语言濒临灭绝的不仅是使用人数，而且是它们的历史。如果孩子们说这种语言，那它相对来说比较安全。据位于费尔班克斯的阿拉斯加土著语言中心主任 Michael Krauss 讲，受到严重威胁的那些语言都只有老人们在说。

人们为什么会拒绝父母们的语言呢？首先是因为信任危机，因为一个小的社区发现自己旁边就是一个更大、更富裕的社会，巴斯英国濒危语言基金会的 Nicholas Ostler 说。"人们会对他们的文化丧失信心，"他说，"等到下一代人长到十几岁，他们可能不想被劝到古老的传统里去。"

这种变化并非总是自愿的，很多时候，政府会想办法消灭一种少数民族语言，其做法是禁止在公共场所使用或者不许在学校使用，全都是为了提高全国的统一性。比方说，美国以前曾实行过用英语开办印第安居留地学校的政策，结果就有效地把纳瓦霍语之类的语言送上了濒危名单。但是芝加哥大学语言学系主任 Salikoko Mufwene 说，最致命的武器还不是政府的政策，而是经济的全球化。"土著美国人还没有对自己的语言丧失信心，可他们不得不适应社会和经济带来的压力，"他说。"如果大部分商务活动都用英语，他们就不能拒绝说英语。"语言值得抢救吗？至少，对语言及其发展的研究少了一些资料，因为对语言及其发展的研究有赖于语言之间的比较，无论是活的语言，还是死的语言。一旦一种既没有文字又没有记录的语言消失掉，那它就永远从科学里消失了。

语言同时与文化密切相关，因此不保护其中一个可能会很难保护另外一个。"一个人从纳瓦霍语改说英语，他们会失去一些东西，"Mufwene 说。"此外，多样性的丧失还可能使我们无法用不同的方法看世界，"Pagel 说。越来越多的证据显示，学一种语言会使大脑产生心理变化。"比如说，你的大脑和我的大脑与某个说法语的人的大脑是不一样的，"Pagel 说，而这种不一样会影响我们的思想和观点。"我们从不同的概念中得出的模式和联系也许是靠我们社区的语言习惯形成的。"

因此，尽管语言学家们不遗余力，下个世纪许多语言将会消失。但是对文化特征的兴趣的日益增加可能会阻止最可怕的预言的实现。"培养多样性的关键是让人们不仅学习占主导地位的语言，同时也学习祖先们传下来的语言，"Doug Whalen 说，他是康涅狄格州纽黑文濒危语言基金会创始人及会长。"没有很大程度的双语制，这些语言大部分都无法幸存，"他说。在新西兰，给孩子们开设的课程已经放慢了毛利语的受损速度，并且重新点燃了对毛利语的兴趣。在夏威夷采取的类似措施在过去几年带动大约8,000人加入了说波利尼西亚语的行列。在加利福尼亚，"学徒"计划为几种当地语言提供了生命保障。志愿者"学徒"从那些活着的能讲一种土著语言的人中挑出一位成为搭档，学习一门传统手艺，比如说编制篮子，教学用语只用那种濒危语言，经过大约300个小时的培训，他们基本上能说一口流利的当地语，足以把这种语言传给下一代。但是 Mufwene 说，不让一种语言死掉不同于通过每天使用给它新的生命。"保护一种语言更像是保护一个坛子里的水果，"他说。

不管怎样，保护能把一种语言从死亡线上拉回来。一些语言通过文字形式得以幸存，后代们使它重新流行，这样的例子已经有过。但文字形式对这项工作很关键，所以只要有重新流行的可能，许多说濒危语言的人都会想办法建立以前不曾有过的文字系统。

READING PASSAGE 2
ALTERNATIVE MEDICINE IN AUSTRALIA

词汇注释

alternative medicine 另类医学，另类疗法

therapy n.【医】疗法，治疗

acupuncture n. 针刺，针刺疗法，针刺麻醉

theory n. 理论

be based on 以…为基础

healing a.（可）使愈合的；有疗效的

regulate v. 管理，控制；调整，调节

pathway n.【生化】途径

reflect v. 反应，表明，显示

struggle n. 斗争，搏斗；努力，挣扎

acceptance n. 接受，接纳

establishment n. 建立的机构（如军队、军事机构、行政机关、学校、医院、教会）

conservative a. 保守的，守旧的，传统的

lecturer n.（英）（大学或学院的）讲师

public health 公共卫生（学）；公共卫生措施

loath a.（用作表语）不愿意的，厌恶的

pretender n. 伪装者，冒充者

industrialized a.（实现了）工业化的

orthodox a. 正统的，正宗的；传统的，符合社会习俗的

glove n. 手套

prescribe v.（医生）开（药），为…开（药）

herbal a. 草本植物的；药草（制）的

remedy n. 治疗，治疗法

account for（在数量、比例方面）占

turnover n.（一定时期的）营业额，成交量

pharmaceutical n. 药剂，药物，药品

therapist n.（特定治疗法的）治疗专家

disenchantment n. 不再着迷，不再抱幻想，醒悟

popularity n. 普及，流行，大众化

chiropractor n.【医】按摩技士，手治疗者，用手法治疗者

naturopath n. 自然疗法医士

osteopath n. 按骨医生，整骨医生

acupuncturist n. 针灸医生，针疗医生

herbalist *n*. 草药医生

prior to 在…以前；先于；优先于

consultation *n*. 征求意见，咨询；（磋商）会议；会诊

colleague *n*. 同事

disillusion *v*. 使醒悟，使不再着迷，使不再抱幻想

skeptical *a*. 惯于（或倾向于）怀疑的，表示怀疑的

empirically *ad*. 以经验为依据地，经验主义地

standing *n*. 级别，地位，名声

erode *v*. 腐蚀，侵蚀；削减，损害

consequence *n*. 结果，后果

rather than 与其…（不如）；不是…（而是）

herbalism *n*. 药草学；草本植物学

incentive *n*. 刺激，鼓励，奖励；动机

bottom line 基本意思（或情况），概要

general practitioner （非专科）普通医师

potential *a*. 潜在的，可能的

clientele *n*. （总称）顾客，主顾

attend *v*. 出席，参加（会议等）

chronic *a*. （疾病）慢性的；（人）久病的

relief *n*. （痛苦、紧张、忧虑、负担等的）缓解，减轻，解除

comment *v*. 评论

holistic *a*. 全盘的，全面的；【生】整体主义的

impersonal *a*. 没有人情味的，冷淡的

feature *v*. 起重要作用；作为主要角色

exodus *n*. （大批的或成群的）出去，离开

clinic *n*. （医院等的）门诊部；私人（联合）诊所；（学校、机关等的）医务室

couple *v*. 并提，把…联系起来

relevant *a*. 有关的；相关联的

inadequacy *n*. 不适当，不够格，无法胜任；弱点，缺陷

mainstream *a*. 主流的

concur *v*. 同意，一致（with）；赞同（in）

bedside manner 医生对病人的态度；同情关怀的态度

preventative *a*. 预防的，防止的；防病的

musculo-skeletal *a*. 【解】肌（与）骨骼的

complaint *n*. 抱怨，发牢骚，诉苦；（方）受苦，生病

digestive *a*. 消化的，有消化力的

emotional *a*. 感情（上）的，情绪（上）的

respiratory *a*. 呼吸（作用）的；呼吸器官的，呼吸系统的

candida *n*. 念珠菌

respectively *ad*. 各自地，分别地

maintenance *n*. 维修；养护，保养

complementary *a*. 补充的，补足的；互为补充的

adjunct *n*. 附属物，辅助物

seek *v*. （sought）寻找；寻求，追求

考题解析

Questions 14—15 Multiple Choice

14. 原文正文第 1 段首句中 unusual 对应题干中 differed 一词。第 2 句中：… they

are pretty loath to allow... 其中 loath 对应 C 选项中 reluctant。

15. 定位词 1990。原文正文第 1 段倒数第 3 行。

Questions 16 — 23 Yes / No / Not Given

16. 定位词 20 years。原文第 2 段首句。

17. 定位词 1983 and 1990。数字从 1.9% 增长到 2.6%，不是增长了 8%。

18. 定位词 550,000。原文第 2 段第 5 行。

19. 定位词 higher opinion。原文第 2 段最后一句。

20. 定位词 retraining。原文第 3 段第 3 行：... taking courses...

21. 定位词 salary。原文第 3 段第 4 行：Part of the incentive was financial... 主要说潜在客户的市场再转移，哪里的商机比较多。没有提到工资。

22. 难题。定位 1993 和 289，原文第 4 段首句。因为该句中没有 acupuncture，所以易错选 NG。注意到第 4 段第 3 行 a wide range of alternative therapies... 针灸只是 alternative therapies 中的一种。驳斥了原文的 a wide range of。

23. 定位词 1993。原文第 4 段第 3 行：Those surveyed had experienced chronic illnesses... 其中 chronic 对应题干中 long-term。

Questions 24 — 26 Table

24. 首先观察图表，确定答案在原文倒数第 2 段内。用 24 题上方单词 digestive 定位，原文倒数第 2 段第 3 行：12% suffer from digestive problems, which is only 1% more than those suffering from emotional problems. 所以比 digestive problems 稍微少一点就是 emotional problems。

25. 同理定位 candida。原文倒数第 2 段第 5 行：Headache sufferers and those complaining of general ill health represent 6% and 5% of patients respectively... 那么 6% 对应 headache。

26. 同上题，5% 对应 general ill health。

参考译文

澳大利亚的另类医学

　　1994 年初，澳大利亚首批大学水平的学习另类医学的学生在悉尼技术大学开始为期 4 年的全日制课程。他们的课程涉及多种疗法，其中包括针刺疗法。他们学习的理论基于中国对这种古老的治疗方法的传统解释：它能通过体内途径调节"气"或者精力的流动。这门课程反映出一些另类疗法在争取被医疗机构接受的奋斗过程中已经走了多远。

　　据悉尼大学公共卫生学讲师 Paul Laver 博士介绍，澳大利亚在西方世界一直有些与众不同，因为它对自然或者另类疗法持非常保守的态度。"我们的传统医生医术高明，我想他们非常不愿意让任何冒充者进入他们的领域。"在许多其它工业化国家，传统医学和另类医学已经"相安无事"了好多年。在欧洲，只有传统医生才能开草药。在德国，植物治疗法占全国药物销售量的10%。1990年，美国人看另类治疗专家的次数比正规医生要多，而且每年他们花在没有经过科学测试的治疗方法上的钱大约是120亿美元。

由于对传统医学不再抱幻想，澳大利亚的另类疗法在过去20年知名度稳步上升。在1983年做的一次全国健康调查中，1.9%的人说他们在调查前两周接触过按摩技士、自然疗法医士、按骨医生、针灸医生或者草药医生。到1990年，这个数字已经上升到了总人口的2.6%。据Laver博士和参加1993年《澳大利亚公共卫生杂志》创作的同事讲，1990年的调查报告中找另类治疗专家进行的55万次咨询占找合格医生咨询总数的1/8。"一群受教育程度更高、接受程度更低的人总的来说对专家们已经不再抱幻想，他们对科学和靠经验得来的知识越来越怀疑，"他们说，"其结果是，专业人员的崇高地位，其中包括医生，已经受到了损害。"

越来越多的澳大利亚医生，尤其是年轻医生，不但不反对或者批评这种趋势，反而和另类治疗专家联手开起了诊所，或者自己学习有关课程，特别是针刺疗法和药草学。部分动机是经济方面的，Laver博士说。"基本情况是大部分普通医师都是生意人，如果看到潜在顾客去了别处，他们可能会希望能提供类似的服务。"

1993年，Laver博士和他的同事发表了对289名悉尼人的调查报告，这些人参加过8位悉尼另类治疗专家的治疗活动，这些治疗活动提供了范围很广的、来自25名治疗专家的另类疗法。接受调查的人得过慢性病，传统医学对他们的病无能为力。他们意见是，他们喜欢另类治疗专家的整体疗法以及他们受到的友好、热情和无微不至的关怀。传统医生在调查中的主要特点是态度冷淡、没有人情味。越来越多的病人离开他们的诊所、加上这次和其它许多次在澳大利亚进行的相关调查，所有这些都指向传统医生的严重失职，使得主流医生们自己也承认，他们能从另类治疗的人性化风格中学到一些东西。普通医师皇家学院院长Patrick Store同意这种观点，认为传统医生可以从另类治疗专家那里学到很多东西，比如医生对病人的态度、给病人提出一些预防疾病的建议。

根据《澳大利亚公共卫生杂志》，18%的看另类治疗专家的病人之所以找他们是因为他们得了肌与骨骼方面的疾病；12%是因为消化系统的问题，而有消化系统方面的问题的人只比受感情问题困扰的人多1%；患呼吸道疾病的人占7%，感染念珠菌的人也是这个比例；患头痛的人和主诉全身都有毛病的人分别占6%和5%，还有4%的人看治疗专家是为了常规的身体保健。

调查显示，替补医学这个名称也许要比另类医学好一些，因为另类医学似乎是一种辅助手段，在传统医学好像提不出解决方案时就会在不再抱幻想的情况下寻找这种解决办法。

READING PASSAGE 3

PLAY IS A SERIOUS BUSINESS

词汇注释

engrossed 全神贯注的，专心致志的

make-believe *a.* 假装的，虚假的，虚伪的；虚幻的

cub *n.* （狐、狼、熊、虎、鲸等的）幼兽

kitten *n.* 小猫；幼小动物（如小兔）

tease *v.* 戏弄，逗弄

a ball of string 一团线

carefree *a.* 无忧无虑的，轻松愉快的

exuberant *a.* 生气勃勃的，兴高采烈的

adulthood *n.* 成人

juvenile *a.* 少年的；【生】幼（态）的

fur seal【动】海狗

pup *n.* （小狐、小狼、小海豹等）幼小动物

spot *v.* 发现，看出

predator *n.* 捕食者

approach *v.* 接近，靠近

cavort *v.* 跳跃，欢腾；寻欢作乐，嬉戏

figure *n.* 数字

developmental *a.* 发展的，生长的；发育的；促使生长的

hiccup *n.* 暂时的下降（或中断、停顿）

evolve *v.* 演化，发展；成长，发育

intelligent *a.* 有才智的，理解力强的，聪颖的

mammal *n.*【动】哺乳动物

indulge *v.* 沉溺，纵容自己；让自己享受一下，使自己高兴一下

unique *a.* 独一无二的，独特的

tailwagging *n.* （狗）摇尾巴

superficially *ad.* 表面上地

resemble *v.* 像，相似

earnest *n.* 严肃认真，诚挚

hunt *v.* 打猎；（兽类等）猎食

mate *v.* 成配偶；（鸟、兽）交配

socialize *v.* 焦急，交流

respiratory *a.* 呼吸（作用）的；呼吸器官的，呼吸系统的

endurance *n.* 忍耐，忍耐力

permanent *a.* 永久的，永远的

benefit *n.* 好处，益处；帮助

rapidly *ad.* 很快地，快速地

optimum *a.* 最优的，最佳的

advantageous *a.* 有利的，有助的，有益的

peak *v.* 达到最高峰 *n.* 顶点，顶峰

suckling *a.* 哺乳的，未断奶的

stage *n.* 时期

hypothesis *n.* （复 hypotheses）假设，假说

at first glance 乍一看

complex *a.* 复杂的，错综的

manoeuvre *n.* 策略，花招

inspection *n.* 检查，审视

reveal *v.* 显示

interpretation *n.* 理解

simplistic *a.* （把复杂问题）过于简单化的

behavioural *a.* （关于）行为的；行为方面的；行为科学的

ecologist *n.* 生态学家

predatory *a.* 掠夺（性）的，掠夺成性的；故意破坏的，损人利己的

prowess *n.* 英勇，无畏；杰出的才能（或技巧），高超的本领

positive *a.* 有事实根据的，无可怀疑的；真是的，实在的

measurement *n.* （量得的）尺寸，大小

converse *n.* 相反的事物；反面说法

stimulus *n.* （复 stimuli）刺激（物），促进（因素）

mould *v.* 塑造，使成形

plot *v.* 规划，计划

devote *v.* 将…献给；把…专用（于）

pattern *n.* 模式，模型

associate with 在思想上把…联系在一起

brief *a.* 短暂的，短时间的

modify *v.* 修改，改造，改变

opportunity *n.* 机会

activate *v.* 使活动起来，使开始起作用

coyote *n.*【动】丛林狼，郊狼

involve *v.* 使陷入，使卷入，牵涉

markedly *ad.* 明显地；引人注目地

variable *a.* 易变的，多变的，反复无定的

unpredictable *a.* 不可预测的，无法预言的；不定的，易变的

liken *v.* 把…比作（to）

kaleidoscope *n.* 万花筒；（形势、色彩、景致、事物等）千变万化，变化多端

context *n.* 背景，环境

predation *n.* （动物的）捕食行为；掠夺，掠夺行为

aggression *n.* 侵犯，侵略；侵犯行为，侵略行为

reproduction *n.* 生殖，繁殖

stimulation *n.* 兴奋（作用），刺激（作用），刺激（作用）

suspect *v.* 怀疑；推测，猜想

cognitive *a.* 认识的，认识过程的，认识能力的

enormous *a.* 巨大的，极大的

assessment *n.* 评价，估计

playmate *n.* 游戏伙伴，玩耍的同伴

reciprocity *n.* 相互性，相关性；相互关系，相互作用，相互依存

specialized *a.* 专门的；专科的

flexibility *n.* 灵活性

potential *n.* 潜在性，可能性；潜力，潜能

bout *n.* 较量，比赛；一段，一阵，一次，一场

chemical *n.* 化学（制）品

nerve cell【解】神经元，神经细胞

extent *n.* 范围，程度，限度

activation *n.*【化】活化（作用），激活

light *v.* 点燃；照亮

link-up *n.* 连接，联系；连接物，连接因素

enhance *v.* 提高（价格、质量、吸引力等），增加

component *n.* （组）成（部）分

interact *v.* 互相作用，互相影响

peer *n.* 同辈，同事，同龄人

schooling *n.* 学校教育；培养，训练

exam-orientated 以考试为目的的，重视考试的

look-in *n.* 成功的机会；参加的机会；受到注意的份儿

考题解析

Questions 27－32 Matching

27. 难题。定位词 unusual connections，beneficial。H 段最后一句：By allowing link-ups... not normally... play may enhance creativity. 下划线分别对应 3 题干定位词。

28. 定位词 how much time。F 段首句、第 2 句。

29. 定位词 physical hazards。A 段第 4、5 行。

30. 难题。定位词 mental activities，和 H 段首句、第 2 句中：cognitive processes, cognitive involvement 相对应。

31. 难题。定位词 effect，reduction，human。I 段最后两句话。其中 schooling beginning earlier and becoming increasingly exam-orientated... 都表示孩子们玩的时间减少。

32. 难题。要理解题干含义。B 段中第 3 行：Playfulness, it seems, is common only among mammals, although a few of the larger-brained birds also indulge.

Questions 33－35 Multiple Choice

33. A 选项出自 B 段倒数第 4 行：A popular explanation...

34. C 选项出自 C 段第 2 句，其中 build muscle 对应 build up strength。

35. F 选项出自 E 段第 2 行：positive link between brain size and playfulness... 其中 brain size 对应 F 选项中 organ growth。

Questions 36－40 Matching

* 难题，耗时。注意在人名附近寻找。

36. E 段最后一句。其中 environmental data 对应 B 选项中 input, physical surroundings。

37. G 段最后两行。

38. C 段倒数第 2 行：But it doesn't work like that.

39. E 段第 1、2、3 句。

40. H 段第 6 行：Siviy studied how bouts of play affected the brain's levels of a particular chemical...

参考译文

玩是一件严肃的事情

玩能帮助长出更大、更聪明的大脑吗？Bryant Furlow 就此做了一些调查

A 玩是一件严肃的事情。孩子们全神贯注于虚幻的世界、小狐狸玩打架或者小猫戏弄一团线不纯粹是为了好玩。玩可能看起来是长大成熟、辛勤工作之前一种无忧无虑、兴高采烈地打发时间的方式，但是其中的含义远不止于此。首先，玩甚至能使动物丢掉性命。小海狗 80% 的死亡是因为玩耍时没有发现捕食者的靠近。从能量的角度来说，玩的代价也是非常之高的。小动物玩耍时欢腾跳跃要耗掉大约 2~3% 的能量，而在孩子身上，这个数字可能接近 15%。"即使 2~3% 也是一个巨大的比例，"爱达荷大学 John Byers 说，"你很难发现动物会那样浪费能量，"他补充说。这背后一定是有原因的。

B 但是如果玩不是简单的发育暂停，正如生物学家曾经认为的那样，那它是怎样演变过来的呢？最新的观点认为，玩的演变是为了让大脑长大。换句话说，爱玩耍使你变聪明。爱玩耍似乎只在哺乳动物中常见，尽管少数大脑大一些的鸟也喜欢玩。动物玩耍时经常使用一些独特的动作——比如狗摇尾巴——说明表面上像成年动作的活动其实不是认真的。对玩的一种大众化解释是：它有助于小动物们掌握长大以后需要的技巧，像猎食、交配和交际。另外一种解释是，通过提高它们的呼吸系统的耐力，玩能让小动物们为成年生活准备一幅好身体。这两种观点近年来都遭到了质疑。

C 来看看运动理论。如果玩的演变是为了强身健体或者作为一种耐力训练，那么你会希望看到永久的好处。但是 Byers 指出，只要训练停止，增加运动量带来的好处就会马上消失，因此小时候通过玩耍提高的耐力长大后有可能会丧失。"如果玩的作用是变得身强体壮，"Byers 说，"玩耍的最佳时间就要看什么时候对某种特定的小动物最有利，但玩并不遵循这个规律。"在所有动物当中，玩的高峰大约在哺乳期的中间，之后就会下降。

D 接下来是技能训练假设。乍一看，玩耍的动物真的像是在练习长大后需要的各种复杂的技能。可是更仔细的观察表明，这种解释也过于简单化。在一项研究中，加利福尼亚大学的行为生态学家 Tim Caro 观察了小猫玩的掠夺游戏以及它们长大后的掠夺行为，结果发现猫的游戏方式对它们长大之后的猎食本领没有太大的影响。

E 今年早些时候，加拿大莱斯布里奇大学的 Sergio Pellis 报告说，在哺乳动物中，大脑的大小与玩耍之间总的来说存在着很强的实实在在的联系。通过对 15 种哺乳动物大脑大小的比较，他和他的小组发现，大一点的大脑（对于特定的身体大小来说）与玩得更多是有关系的，相反的情况也发现是真的。达勒姆大学 Robert Barton 相信，由于大一点的大脑比小一点的大脑对成长刺激更为敏感，它们需要更多的玩耍来帮助自己长大成熟。"我的结论是这与学习有关，与大脑发育过程中环境资料的重要性有关。"他说。

F 根据 Byers 的观点，对幼小动物玩耍时期时机的掌握对到底发生着什么提供了很重要的线索。如果你在小动物的发育过程中每天安排一段时间让它玩，你会发现一个典型的与一段"敏感时期"有关系的模式——一个短暂的发育窗，在此期间，大脑实际上是可以改变的，而这种改变在此之前或者之后都是不可能的。想想孩子们吸收语言相对来说是很容易的——婴儿和成人就没有这种能力。其他研究者们发现，猫和老鼠玩得最起劲的时候正好是这个"机会窗"到达顶峰的时候。

G "人们对玩耍激活的大脑数量还没有给予充分的注意，"科罗拉多大学 Marc Bekoff 说。Bekoff 研究了小丛林狼的玩耍过程，发现它们的行为显然比成年丛林狼的行为更加变化多端、无法预测。这些行为激活大脑许多不同的部分，他说。Bekoff 把这种情况比作一个行为万花筒，玩耍的动物会在各种活动之间快速地跳来跳去。"它们会使用许多不同环境里的动作——捕食、侵略、繁殖，"他说，"它们正在发育的大脑接受着各种各样的刺激。"

H 玩耍不仅涉及的大脑数量比猜测的要多，而且还好像能激活更多的认知过程。"玩耍涉及大量的认知活动，"Bekoff 说。他指出，玩耍经常涉及对玩伴的复杂评估、互惠互利的想法以及特殊动作和规则的使用。他相信，玩耍能创造出更加具有行为灵活性、今后更加具有学习潜力的大脑。这个观点得到了葛底斯堡大学 Stephen Siviy 研究成果的支持。Siviy 研究了一次次玩耍如何影响大脑那些与刺激和神经细胞发育有关的某种化学品的水平，结果他对大脑的激活程度感到吃惊。"玩耍会把一切都调动起来，"他说。通过让正常情况下相互不交流的大脑区域连接起来，玩耍可以提高创造力。

I 进一步的实验对今天多种社会养育孩子的方式可能会有什么启发呢？我们已经知道，那些不给机会玩耍的小老鼠脑成分会长得小一些，与同伴交往时它们不会具备使用社会规则的能力。随着学校教育的越来越早并且变得越来越重视考试，玩耍受重视的程度甚至可能会更低。谁知道这会带来什么样的结果？

WRITING

WRITING TASK 1

This model has been prepared by an examiner as an example of a very good answer.

The graph illustrates the daily number of units of electricity used in England during both summer and winter. The pie chart indicates the percentage of typical uses of the electricity.

First, the graph indicates that the amount of electricity used in the winter is double that used in the summer. In winter, usage rises between 00:00hrs and 02:00 hrs, from 35 thousand units to 40 thousand followed by a decrease between 02:00hrs and 07:30hrs to 30 thousand units. Usage rises from 07:30hrs to 12:00hrs then evens out at 40 thousand until it peaks at 22:00hrs, to 45 thousand units.

Heat and other daily items consume 85% of the electricity and 15% is consumed by items used irregularly such as blenders, vacuums, etc. in both summer and winter.

In the summer, usage starts at 16 thousand units at 00:00hrs and drops steadily to 15.5 thousand at 07:30hrs. Usage rises to a peak of 20 thousand units at 13:30hrs, then drops of to a steady 15 thousand units until it peaks again at approximately 23:00hrs to just under 20 thousand units.

It is worth noting that the low and high usage periods in both winter and summer are similar except between 00:00hrs and 02:00hrs.

(201 words)

参考译文

曲线图显示出英格兰在冬夏两季每天的用电量，饼状图表明各种典型的用电比例。

　　首先，曲线图表明冬天的用电量是夏天的 2 倍。在冬天，0:00 至 2:00 的使用量从 3.5 万度上升到 4 万度，接着从 2:00 至 7:30 降到 3 万度。从 7:30 到 12:00 用电量有所增加，然后保持在 4 万度，直到 22:00 到达最高峰 4.5 万度。

　　在冬夏两季，取暖和其他日常使用消耗了 85% 的电量，15% 的电量用于搅拌器、吸尘器等非常规用途。

　　在夏天，用电量从 0:00 的 1.6 万度稳步下降到 7:30 的 1.55 万度，到 13:30 到达 2 万度的高峰，接着降到 1.5 万度并保持稳定，直到大约 23:00 再次到达将近 2 万度。

　　值得一提的是，除 0:00 点至 2:00 以外，冬夏两季的用电高峰和用电低谷时段差不多。

WRITING TASK 2

这是考官准备的一篇优秀范文（原文在《剑桥雅思 4》第 165 页，请注意答案可以千变万化，下面只是其中之一。

　　　　幸福的定义很难下，因为它对不同的人有不同的含义。有的人把幸福与财富和物质成功联系起来，其他人则把感情和人与人之间的相亲相爱看作幸福，还有人认为只有精神之路——既不是物质世界也不是与别人的关系——才能通往幸福。

　　由于人们为自己对幸福作出了如此多不同的解释，所以很难给幸福下一个大家都认可的定义。但是，既然人的幸福各有不同，那么获得幸福的第一步就是有一定的自知。一个人要知道自己是谁，然后才知道什么东西会让自己幸福。

　　当然，相亲相爱、身体健康、谋生能力和环境安定之类的因素也都是幸福的原因，但这决不是说没有这些条件人就得不到幸福。

　　总的来说，我认为在生活中能够保持清醒头脑对获得幸福更为重要。我的意思是说，明确知道生活中什么重要（家庭幸福、关系好坏、使别人幸福，等等），什么不重要（工作不顺心、为琐事烦恼，等等）。

　　在生活中保持清醒头脑和具有自知一样难以做到，但我认为这两点对获得幸福来说是最重要的。

SPEAKING

Band 9 Speaking Test Scripts

E: = Examiner   C: = Candidate

PART 1

E: What kinds of food do you like to eat?

C: I'll eat almost anything. I like Chinese food of course because I was brought up eating it, but I also like fast food like pizza and KFC, and I like Western restaurants. I used to eat at MacDonald's until I watched the movie "Supersize Me", now I don't! I should add, there are certain things in China I won't eat like insects and some other internal animal organs. I don't like the thought of it.

E: What kind of new food would you like to try? (Why?)

C: I would like to try African food, but I haven't found any restaurants that serve it yet. I have a couple of African friends who tell me it's very good but they can't get the ingredients they need here in China. When they do, I will definitely try it.

E: Do you like cooking? (Why/why not?)

C: Yes I like cooking because I can control the amount of salt and spices I put in it and it's an art. I'm not that fond of really spicy food or lots of salt and MSG, so when I have time I prefer to cook my own food. Unfortunately, I don't really have a lot of time.

E: What was the last meal you cooked?

C: I invited some friends over to my parents' place about a week ago and I cooked some couscous with lamb and it went great with beer.

E: Do you prefer home-cooked food or food from restaurants?

C: I think I already answered that question. I prefer to eat at home so that I can control what ingredients go into the food. But sometimes I do like to go out to restaurants.

PART 2

E: Describe an interest or hobby that you enjoy.

C: I enjoy studying genealogy, which refers to family history and descent. The basic objectives of genealogical research are to identify ancestors and their family relationships. At a basic level you can identify and record the following for each individual in your family tree: date and place of birth; names of, date and place of marriage of parents; names of children; date and place of death. But in China, this can sometimes be difficult because a lot of records were destroyed during various wars and military campaigns. You can, however, get a lot of information from your parents and grandparents, aunts and uncles and others that can at least help to try and figure out who your long lost relatives were. It's just interesting to know. I think that a lot of people think that they probably have some sort of relationship with famous Chinese writers, emperors, even Genghis Khan. You never know and that's what makes it so fascinating.

After you get some information together, you start to build a family tree that is kind of like an upside-down pyramid and you would be the point at the bottom. This is a kind of ancestral pyramid. But to this date, I haven't gotten too far with it. Some people spend years studying this stuff. I have a friend from Scotland who tells me that his father is into genealogy and that he is in some way related to William Wallace, you know the guy Mel Gibson played in the movie, but who knows? I'm quite frankly hoping to find out that I am related to someone really wealthy. I might get lucky.

PART 3

E: Do you think having a hobby is good for people's social life? In what way?

C: Yeah, especially what I'm doing. It's a lot of fun to sit around and talk about who your ancestors may have been and what it was like in their time. It's sort of an icebreaker if you're meeting people for the first time. You know, you can just toss the question out,

"What do you guys do for fun or do you have any other interests other than school, girls and food?" and people will respond.

E: Are there any negative effects of a person spending too much time on their hobby? What are they?

C: Yes, then the hobby becomes an obsession and that's not good for anyone or his or her social life. Nobody wants to hear about your hobby all the time. You become a sort of social misfit.

E: Why do you think people need to have an interest or hobby?

C: Well, since you're not around people all the time, except of course at university where you really can't get away from them, you should have something else to focus on to relieve stress, something that you find relaxing. That's what other interests and hobbies are for.

E: In your country, how much time do people spend on work and how time on leisure? Is this a good balance, do you think?

C: People now in China, at least in the large centers, spend most of their time trying to make money and have very little leisure time. Although, having said that, the government has created a lot more holiday time for people, but that is primarily to get them to spend money — it's economic as opposed to a kind gesture. I don't think that the balance now is good at all, and we need to be careful. I've heard that in some countries people die at their desks working. It's crazy. I won't being doing that.

E: Would you say the amount of free time has changed much in the last fifty years?

C: Yes, of course. As I just told you, people are now driven by money and the need to have it, and that basically discounts most leisure time except for weekends for some, not most. Fifty years ago people may have had a little more leisure time, but then most businesses were state owned and there were very few foreign companies here.

E: Do you think people will have more or less free time in the future?

Why?

C: Well, I think that they will have more, with the increase of concepts such as SOHO — small office, home office. A lot of people will be able to work from home and as long as they get the work done on time, it doesn't really matter when they do it so they will probably be able to go out more often and go on vacation more often because even if they're away, they can take the office with them on their laptop.

Test 3

LISTENING

SECTION 1

谈话场景：租房场景
人物关系：租房中介咨询员以及租房者
谈话主题：交流租房信息，房源、客户要求、客户信息以及房租等问题。

词汇注释

cousin *n.* 堂兄弟（或姐妹），表兄弟　　　**proportion** *n.* 部分，份儿
（或姐妹）

考题解析

Question 1

观察所给图表，可知此对话是关于住房申请的问题。需填信息分别为：在澳大利亚居住的时间、目前住址、目前课程，以及所需住房的时间段。

此题一定要注意题目要求。题目要求的是每空所填单词不得超过三个，所以在填空的时候，不能把原文一字不变地照搬下来。原文提到 "a year in Adelaide and six months in Sydney"，实际上填空的时候，考生可以将其简化为 "1.5 years 或 11/2 years"。

Question 2

此题考查对专有名词的把握。注意此题 "Forest" 一词首字母应该大写。同时，"Forest" 一词有另外一个写法 "Forrest"，都是对的。

Question 3

此题考查较难单词的写法。注意 "Academic" 一词首字母需大写，另外，该词的意思是 "学术的"，读为 [ækəˈdemik]。

Question 4

此题较为简单，考查日常用语的写法。注意 "Thursday" 一词的首字母需大写。

Question 5

此题考查对原文的把握与重写。原文提到 "share a room with someone else"（和其他人共用一个房间），意思就是需要一个双人间，所以选择选项 B。选项 A 意为 "单人间"；选项 B 意为 "双人间"；选项 C 意为 "三人间"。

Question 6

此题同样考查对原文的理解。原文提到 "Do you have any women living alone, retired women?"（你认识退休了的，独自居住的女子吗?），这实际上就是说 Sara 喜欢和单身女子一起住，所以选择选项 B。

Question 7

此题不难。原文提到 "Most of them live in flats, but that's not a problem for you, is it?"（她们很多都住在公寓里，但是我想那对你来说并不成问题，是吗?），接下来 Sara 马上说，"Not at all. I'm used to that."（一点也不成问题，我都已经习惯了。），所以此题应该选择选项 A。"flat" 一词在此意为 "公寓"。

Question 8

此题考查常用单词的拼写。 "deposit" 一词意为 "押金，保证金"，读为 [di'pɔzit]。

Question 9

此题中，"monthly" 一词意为 "每月的，每月一次的"。此题的意思是 "她需要按月用现金或者支票来缴房租"。

Question 10

此题题干中的 "her part of" 实际上就相当于原文中的 "your proportion of"。"proportion" 一词意为 "比例，部分"，读为 [prə'pɔːʃ(ə)n]。另外，注意在此题中，填 "telephone" 或者 "phone" 都是对的。

SECTION 2

谈话场景：电台（或电视台）访谈场景
人物关系：电台（或电视台）节目主持人和嘉宾
谈话主题：介绍 "夏季节日" 活动的有关内容。

词汇注释

sensational a. 激起强烈感情的，令人兴奋的，轰动性的

theatrical a. 剧场的，演剧的，戏剧的

theme n.（文艺作品的）主题

circus n. 马戏，杂耍，马戏团，马戏演出

marquee n.（用于展览会、游园会等的）大帐篷，大营帐

canvas a. 帆布制的

portable a. 便于携带的，手提式的，轻便的

acrobatic a. 杂技的，杂技演员的

purist n. 纯粹派艺术家

showcase n.（为引起普遍注意而设的）供亮相的地方（或媒介）

aerial a. 空中的

puppetry n. 木偶剧演出（或创作）

puppet n. 木偶

puppeteer n. 演木偶剧的人

comedy n. 滑稽节目，喜剧

troupe n.（尤指巡回演出的演员、歌手等组成的）团，班，队

考题解析

Question 11

此题考查对原文的改写。原文提到"they've put it at the end of the month"（他们把活动的日期定在了月末），那么当然应该选 C 选项。

Question 12

题干问"今天评论者的重点将集中在什么地方?"，所以听到原文中提到"today"一词的时候要特别注意。原文提到"for today's report though, I'm looking at some of the theatrical events that you might like to see"（在今天的报道中，我想提及一些你们可能想看的戏剧表演节目），所以此题选 A。考生需要注意的是，要抓住题干中的信号词到原文中去定位，就能很快的找到正确答案。

Question 13

此题考查对原文的理解。原文提到"I'm going to tell you about two circus performances, but there are plenty of others in the programme."（我想跟你们谈两个马戏团的表演，但实际上，演出的有很多个马戏团），此题是出题人出的一个转折点，先提到"two"这个概念，再提到"plenty"一词，考生很容易被迷惑，所以此题千万不能错选 B。

Question 14

此题考查对较难单词的掌握情况。原文提到"inn a marquee"（在大帐篷里），实际上就相当于"in a tent"。注意"marquee"一词的含义与读音，意为"大帐篷，大营帐"，读为 [mɑ:'ki:]。

Question 15

观察所给图表，可以知道原文应该提到了三个马戏团的表演，分别是：Romano 马戏团、Electrica 马戏团，以及 Mekong Water 木偶剧团。需要填的信息分别为：Romano 马戏团的"highlights"（保留节目）和观众类型；Electrica 马戏团及 Mekong Water 木偶剧团的演出地点和观众类型。所以仔细观察完图表之后，考生应该充分利用所给信息，带着问题去听题，就能迅速地找准正确答案。

此题原文提到"the best part is the music and lighting"（最好的节目是音乐和灯光），实际上就是"highlights"部分为"music and lighting"。

Question 16

此题不难，原文提到"it's really for adult tastes"（真的适合成人观看），所以直接填"adult"一词即可。

Question 17

此题很容易，所听即所得。考生需注意的几个问题：一是，题目要求每空只能填三个以内的单词，所以不能把原文中提到的"at the Studio Theatre"全部写下来；二是，"Studio Theatre"这两个词由于是专有名词，所以首字母要大写；三是，

"theatre" 一词有两个写法，另外一个写法为 "theater"，都是对的。

Question 18

此题很简单，也是所听即所得。另外，此题有多种填法，"the whole family"，"the entire family"，"all the family"，"families" 都是可以的。

Question 19

考生填题时需注意："City Gardens" 是地名，所以首字母要大写；另外，"Gardens" 一词后面要加 "s"。

Question 20

此题很简单，而且有多种填法："young children / younger children / children" 都可以。

SECTION 3

谈话场景：课程咨询场景
人物关系：学校课程咨询员与学生
谈话主题：咨询有关学期前预备课程的有关事宜，包括如何合理安排学习时间、如何制定学习计划、如何解决心理问题等。

词汇注释

semester *n.* 学期
seminar *n.* （研究班的）专题讨论会
motivate *v.* 激发…的积极性（或学习兴趣）
strategy *n.* 策略，行动计划，对策
tip *n.* 指点，指导，忠告
motivational *a.* 激发积极性（或学习兴趣）的；动机的，有关动机的

enthusiastic *a.* 满腔热情的，热心的，热烈的，极感兴趣的
overcome *v.* 克服
procrastination *n.* 拖延，耽搁
sandwich *n.* 三明治
essential *a.* 必不可少的，绝对必要的，非常重要的
consecutive *a.* 连续的

考题解析

Question 21

此题不难。原文提到 "we run quite a few different short courses for students who are either returning to study or studying part-time."（我们有些不同种类的短期培训课程是专门为那些工作了之后再回来学习的人或者兼职工作的学生准备的。），所以此题应该选择 A。注意，选项 B 意为"研究生"；选项 C 意为"商业经理人"。

Question 22

此题考查对原文的理解。原文提到 "'Study for Success' seminar on the first and second of February. "（"成功之道"讨论课是在 2 月的 1 号和 2 号），出题者设计了一个考点，问"这门课程要持续多长时间"，所以此题选 B。此题提醒考生注意：很多时候出题人会换一种角度来问问题，所以在听题时一定要把握住关键信息。

Question 23

此题考查对较难单词的把握。原文提到"build some techniques to help you write more clearly"（获得一些帮助你写文章更为清楚的一些技巧），与选项 C 的意思相同。注意选项 C 中"clarity"一词的含义，意为"清楚，透明"，读为［'klærɪti]。

Question 24

此题考查对原文的同意替换。原文提到"with reading，there'll be sessions aimed at getting into the habit of analyzing material as you read it."（在阅读方面，将会有专门关于如何养成阅读时分析材料习惯的讨论会），实际上相当于选项 A 所提的信息。注意选项 A 中的"analytically"一词意为"分析地，解析地"；选项 C 中的"thoroughly"一词意为"十分地，彻底地"，读为［'θʌrəli]。

Question 25

此题相对应的原文提到"there's a range of motivational exercise that we do to help the students feel positive and enthusiastic about their study."（还有一些学习动机方面的练习，来帮助学生在学习方面建立积极和热情的态度），也就是说，这种练习主要是为了使学生在学习的时候有兴趣有信心，所以选择选项 B。此题同样考查对原文的理解和同义替换。

Question 26

此题较为简单。题干中提到"a key component of the course"，所以听到原文中提到"key component of the course"这样的字眼时，考生需要特别留心。原文提到"two of the key components of the course are time management and overcoming procrastination."（这门课程的两个主要组成部分是时间支配问题和避免拖延学习的问题），所以所谓的"time management"实际上就是选项 A 所提到的"use time effectively"（有效利用时间）。在这里，"procrastination"一词意为"延迟，推迟"，读为［prəʊˌkræsti'neiʃən]。

Question 27

此题考查对日常用语的掌握情况。原文提到"it's essential that you book well ahead of time"（提前预订座位非常重要），实际上就等于选项 C 中所提到的"reserve a place in advance"（提前预订座位）。在选项 C 中，"reserve"一词意为"预订"，"in advance"为短语，意为"提前"。选项 A 中，"register"一词意为"注册，登记"，读为［'redʒisə(r)]；"Faculty Office"意为"系办公室"。选项 B 中，"Course Convenor"意为"课程组织者，发起人"。

Question 28

此题考查对较难单词的把握。原文提到"'Learning Skills for University Study' is on three consecutive mornings starting on a Monday"("大学学习的艺术"这门课从每个星期一开始，连续三天的上午），所以实际上就是星期一、星期二、星期三的上午。此处，注意"consecutive"一词的含义与读音，意为"连续的，持续的"，读为 [kən'sekjutiv]。

Question 29

题干问"这门课程的一个特点是什么"，所以考生在听题时一定要特别注意 A、B、C 三个选项所涉及的内容是否在原文中提到了。原文只提到了一个内容，即 "stress management"（压力控制），所以选 B。

Question 30

此题较为简单。原文提到"I think I'd be better off starting from the basics"（我想从基础学起可能会更好），所以选择 B 选项。此处需注意词组"be better off"，意为"（情况、境况）会更好"。

SECTION 4

谈话场景：报告项目进展场景

人物关系：讲话者为学生会代表，听众为学校负责建筑的人员以及学生

谈话主题：介绍学生会在学生中所做的关于新建筑的意见调查工作，以及此次意见调查的结果。

词汇注释

feasible *a.* 可行的，行得通的

ultimate *a.* 最后的，最终的

beneficiary *n.* 受益人，受惠者

option *n.* （供）选择的事物（或人）

submit *v.* 提交，呈递

questionnaire *n.* 调查表

approximately *ad.* 近似地，大约

consensus *n.* 一致（或多数人的）意见

crucial *a.* 关键性的，至关重要的

outskirt *n.* 市郊，郊区

living quarter 住宅区

on the premises 在房屋内，在场所内

gym *n.* 体操馆，健身房

respondent *n.* （调查表、问题表的）答卷人

refectory *n.* （修道院、学校等的）食堂，餐厅

drama *n.* 戏剧

largish *a.* 相当大的

minority *n.* 少数

elitist *a.* 上等的，高级的，具有高人一等优越感的

security *n.* 安全

surveillance *n.* 监视，监督

reception *n.* 接待处

考题解析

Question 31

观察图表，可知原文是关于"New Union Building"的有关内容的。31—32题主要是在学生中征求意见的步骤，主要三个步骤：学生以书面形式对新建筑的设计提出自己的见解；依据这些书面依据来确定以后的调查工作；收集数据，撰写报告。需要填的主要是第二个步骤，后来的调查工作以什么方式来进行，以及有多少被访学生提出了反馈意见，所以考生听题的时候要牢记这几个出题点。

此题考查对较难日常用语的把握。原文中直接提到了"questionnaire"（调查表，调查问卷）一词，所听即所得。考生需要注意该词的拼写。

Question 32

原文提到"approximately two thousand"（大约 2，000），所听即所得。但是考生需注意：题目要求每空填词不得超过 2 个，所以只能用阿拉伯数字来表示数目。另外，如果对较难单词"approximately"没有把握，完全可以用"about"来表示。

Question 33

观察所给图表，得知 33—37 题主要要求填新建筑的候选地址的有关信息：各自的地址和优缺点。原文首先分别提到三个地址的地点，然后再分别提到三个地址各自的优缺点。考生在做题时需注意这个顺序。

此题填空的时候需注意"Education"一词首字母需要大写。

Question 34

此题所填"halls of residence"意为"居住区"。首先注意"halls"一词需要用复数，另外，还要掌握"residence"一词的含义和读音，意为"居住，住处"，读为['rezidəns]。

Question 35

此题所填的两个单词顺序可以颠倒。同时，由于所填空应该是名词，所以"parking"一词应该用动名词形式，考生应该特别注意这一点。"parking"意为"停车"。

Question 36

此题也很简单，所听即所得。需注意的是，"rooms"一词后一定要记得加"s"。

Question 37

此题原文提到"more room for a choice of facilities"（设备的选择余地更大），但是由于题目要求所填空不得超过三个单词，所以最好写成"（more）room for facilities"。此处，"facility"一词意为"设备，工具"，读为[fə'siliti]。

Question 38

此题需注意要选两个正确选项。考生在听此题时可以用排除法来做题。由于题目问的是学生要求新建筑里有哪些设施，所以不在大多数学生要求范围之内的选项可以去除。首先原文提到"there was a minimal interest in having a library"（很少有学生对图书馆感兴趣），所以选项 A 可以排除。接着又提到"we would like the current table games room to be replaced by a small gym."（我们希望取消现在的乒乓球游戏室，代之以小型体育馆），所以选项 B 排除，而选项 D 入选，因为 D 选项提到的"a mini fitness centre"（微型健身中心）实际上就相当于原文提到的"small gym"。随即，原文又提到"a small swimming pool"（小型游泳池），所以 E 选项要排除。然后，原文提到"there was a large number of respondents in favor of a travel agent's and insurance center."（有很多被调查者希望能有旅行社和保险中心），所以 F 选项入选。其他两个选项，C 和 G，原文都没有直接提到，属于干扰选项，考生要特别留心。

Question 39

此题考查对较难单词的掌握。原文提到"it is elitist and a waste of funds"（太高档，而且浪费金钱），与选项 B 意思完全相同。注意，"elitist"一词意为"上等的，高级的，具有高人一等优越感的"。

Question 40

此题同样要注意有两个选项是正确答案。题目问"学生们要求哪两项安全措施?"，所以考生需要特别注意原文中的信号词"security"。原文提到"video surveillance"（录像监控），以及"check Student Union cards on request"（按要求检查学生会证件），这两处与选项 A 和 C 意思一样。注意几个单词的意义和读音："surveillance"意为"监视，监督"，读为 [sə:'veiləns]；选项 A 中"closed-circuit TV"意为"闭路电视"；选项 E 中"permanent"一词意为"永久的，持久的"，读为 ['pə:mənənt]。

READING

READING PASSAGE 1

Micro-Enterprise Credit for Street Youth

词汇注释

micro- 表示"小的"，"微小的"

enterprise *n.* 企业单位，事业单位；公司

credit *n.* 信贷，赊欠

youth *n.* ［总称］（男女）青年们

bun *n.* 小圆（果子）面包；小圆糕点

decent *a.* 过得去的，尚可的，还好的

confident *a.* 有信心的，自信的

participant *n.* 参加者，参与者

initiative *n.* 主动的行动，倡议

opportunity *n.* 机会，时机；就业机会，良机

circumstance *n.* ［～s］境遇，境况，经济状况

partner *n.* 伙伴，同伴

purpose *n.* 目的，意图

end up 结束，告终

due to 由于，因为

dearth *n.* 缺乏，不足

adequately *ad.* 足够地

breakdown *n.* 分离，分散，破裂

violence *n.* 暴力（行为），强暴（行为）

adventurous *a.* 充满危险的，有危险的

exposed *a.* 易受攻击的，无保护的

exploitative *a.* 剥削的，榨取的

urban *a.* 城市的

crime *n.* ［总称］犯罪，犯罪活动

abuse *n.* 虐待，凌辱，伤害

labour-intensive *a.* 劳动密集型的，劳动集约的

shine shoes 擦鞋

informal *a.* 非正式的，非正规的

trading *n.* 贸易，交易，经商

pride *n.* 自豪，得意 take ～ in 以…自豪；对…感到得意

entrepreneurship *n.* 工商企业家（或主办者）的身份（或地位、职能、能力、活动）

independence *n.* 独立，自主，自立

flexible *a.* 可变通的，灵活的

participate *v.* (in) 参与，参加

domestic *a.* 家的，家庭的，家务的

innovative *a.* 革新的，新颖的，富有革新精神的

courier *n.* （递送急件、外交信件的）信使

Sudan 苏丹 ［非洲东北部国家］

parcel *n.* 小包，包裹

take up 着手处理，着手进行

Bangalore 班加罗尔 ［印度南部城市］（卡纳塔克邦首府）

Dominican Republic 多米尼加共和国 ［拉丁美洲］（在西印度群岛海地岛东部）

purchase *v.* 买，购买，购置

facility *n.* ［常作 facilities］设备，设施，工具

individual *a.* 个人的

Zambia 赞比亚［非洲中南部国家］

joint *a.* 与他人合作的

access *n.* 享用机会，享用权

emerge from 浮现，出现，出来

entrepreneur *n.* 企业家

ideally *ad.* 为取得最好结果，作为理想的做法

potential *a.* 潜在的，可能的

essential *a.* 必不可少的，绝对必要的，非常重要的

relevant *a.* 有关的

determine *v.* 决定，规定

procedure *n.* 程序，手续，步骤

abide by 遵守（法律、决定等）；信守（诺言等）

enforce *v.* 实施，使生效

critical *a.* 决定性的，关键性的，重大的；必不可少的

loan *n.* 贷款

tremendous *a.* 巨大的，极大的

guardian *n.* 监护人

staff *n.* 全体职员，全体雇员

fixed *a.* 固定的

asset *n.* ［～s］资产

kit *n.* 成套工具；用品箱

stall *n.* （商场或集市上的）货摊，摊位

consideration *n.* 考虑

charge *v.* 要（价），收（费）；要（人）支付（钱）；收（税）

primarily *ad.* 首要地，主要地

modest *a.* 不太大（或多）的，不过分的，适中的，适度的

recognize *v.* 明白，认识到

impoverished *a.* 贫困的，赤贫的

seek *v.* ［后接不定式］试图，设法

fulfil *v.* 满足，使满意

provision *n.* 供应，提供

ambition *n.* 雄心，志向，抱负

quotation *n.* 引文，引语，语录

exemplify *v.* 例示，举例证明；是（或作为）…的例证（或榜样、典型等）

outline *v.* 概述，概括

highlight *v.* 使显著，使突出；强调

poverty *n.* 贫穷，贫困

reject *v.* 拒绝

employ *v.* 雇用

storage *n.* 贮藏，保管

slightly *ad.* 少量地，轻微地

aid *n.* 帮助，援助，救助

ambitious *a.* 反映野心（或雄心）的；有野心的，有抱负的

realistic *a.* 现实的，实际可行的

考题解析

Questions 1－4 Multiple Choice

1. 注意 exemplify 一词足矣。

2. 原文·Introduction 第 2 段首句中… to support the economic lives of street children. 不定式表目的。文章后面描述主要通过 business training 和 loans 的手段。

3. 原文 Background 第 1 段第 2 行中 demand for income at home 对应 poverty。

4. 较难，易误选 A。定位题干中 independent，原文在 66 页第 5 行中：Many children may choose entrepreneurship because it allows them a degree of independ-

ence... 要理解 entrepreneurship 一词指企业家，自己当老板。

Questions 5－8 Table

5. 定位词 courier service。原文 Street Business Partnerships 中第 3 行：... first started in the Sudan. 第 5 行中：A similar program was taken u in Bangalore, India.

6. 定位词 courier service。原文 Street Business Partnerships 中第 3 行：... were supplied with bicycles. 下划线对应 provision 一词。

7. 定位词 Dominican Republlic。原文 Street Business Partnerships 中第 6 行。

8. 定位词 Zambia。原文 Street Business Partnerships 中最后一行。

Questions 9－12 Yes/No/Not Given

9. 原文 Lessons learned 部分第 3 行：Being an entrepreneur is not for everyone.

10. 定位 family，原文中几处提到 family，但没有说到 family may need financial support from S. K. I. 。而且 S. K. I. 主要是帮助孩子，而非孩子的家庭。

11. 原文 Lessons learned 部分第 14－16 行，先给 small loans，再给 increasing loan amounts。

12. 原文 Lessons learned 部分倒数提 3 行说到要 charge interest。

Question 13 Multiple Choice

13. 原文 Lessons learned 部分第 9 行：It is critical for all loans to be linked to training programs... 贷款只是整个项目的一部分。

参考译文

给街头青年小企业的信贷

"我家里穷，人又多，很多年我们都吃不上早饭。自从我加入国际拯救街童组织以后，我就让家人早饭吃上糖和小圆面包了。我还给自己买了相当不错的二手衣服和鞋。"

Doreen Soko

"我们有了做生意的经验。现在我有信心扩大经营。我学会了现金管理和保管资金的方法，所以我们可以存钱投资了。现在，生意是我们生活的一部分。而且，以前我们互相不认识——现在我们已经交了新朋友。"

Fan Kaoma

赞比亚青年技术企业项目的参与者

介绍

虽然小规模的商业培训和信贷项目在全球越来越普遍，但相比之下，需要把这样的机会给予年轻人还没有引起多大的关注。对流落街头或者身处困境的儿童的关心就更少了。

在过去的9年里，国际拯救街童组织一直和非洲、拉美和印度的合伙组织一起合作，给街头儿童提供经济上的支持。这篇文章的目的是和大家分享国际拯救街童组织和我们的合作伙伴取得的一些经验。

背景

一般来说，儿童流落街头的原因不止一个，而是多方面的原因造成的：缺少资金充足的学校、家里需要收入、家庭破裂和暴力。对儿童来说，街头也许很有吸引力，因为在那里可以找到冒险的感觉并能弄到钱。但是街头也缺少或者没有保护，有的孩子面临着打工剥削、城市犯罪和各种虐待。

在街头干活的儿童一般都是做一些不需要技术、劳动力密集、时间要求长的工作，比如说擦鞋、送货、看车、洗车和一些不正规的生意。有的也可能通过乞讨、行窃和其他非法活动挣到钱。与此同时，也有街头儿童因为能够自力更生并且贴补家用而感到自豪，他们往往喜欢自己的工作。很多儿童也许会选择自己当老板，因为这让他们有一定程度的独立性，受剥削的程度比很多其他形式的有偿劳动要低一些，而且有足够的灵活性让他们参加其他活动，比如接受教育和家务劳动。

街头商业伙伴关系

国际拯救街童组织与拉美、非洲和印度的合伙组织合作，为街头儿童开辟全新的赚钱机会。

• 国际拯救街童组织自行车信使服务首先在苏丹展开。这项事业为参与者提供自行车，他们用来送包裹和信件，自行车的钱要逐渐从他们的工资里扣。印度的班加罗尔也开始了类似的项目。

• 另一个成功的项目叫做擦鞋合作社，这是一个和多米尼加共和国的基督教女青年会的合作项目。这个项目借钱给参与者，让他们买擦鞋的箱子。他们还会得到一个安全的存放工具的地方，同时还给提供个人存款计划的设施。

• 赞比亚的青年技术企业项目是和红十字会的一个合作项目，参加基督教女青年会的街头青年可以获得支持做自己的小生意，支持的方式有商业培训、生活技能培训和让他们得到信贷。

取得的经验

下面是国际拯救街童组织与合作组织从合作项目中取得的一些经验：

• 并不是每个人都适合当老板，街头儿童也是如此。理想的情况是，项目的潜在参与者至少在项目里干六个月，这样，信任和相互之间的关系就有可能已经建立起来。

• 成员的参与对相关项目的发展至关重要。一旦儿童在决定程序中起到主要作用，他们就更有可能遵守并实施这些程序。

• 把所有贷款与包括发展基本商业和生活技能在内的培训项目联系起来是非常关键的。

• 如果有家长和监护人，让他们参与到项目中来会带来巨大的好处。家访为工作人员提供了了解情况的机会：参与者住在什么地方，每个人到底情况怎样。

• 小笔贷款开始是用来购买自行车、擦鞋工具箱和市场摊位需要的基本建筑材料之类的固定资产。随着承包者经验越来越丰富，生意可以慢慢扩大，可以考虑增加贷款的金额。国际拯救街童组织提供的贷款数额一般在 30 至 100 美元。

• 所有国际拯救街童组织的项目都对贷款征收利息，主要是为了让承包者习惯为所借的钱支付利息的概念。通常，利率都比较适中（低于银行利率）。

结论

对那些追求满足经济需要的贫困青年来说贷款机会是很重要的，认识到这一点很有必要。为年轻人提供小额贷款，支持他们当老板的梦想和年轻人的抱负，这可能是一种帮助他们改变生活的有效方法。然而，我们认为提供信贷必须和其他支持方法同时进行，不仅帮他们把生意做好，还帮他们获得重要的生活技能。

READING PASSAGE 2

Volcanoes—earth-shattering news

词汇注释

volcanic *a.* 火山（性）的

eruption *n.* 喷发，爆发

relief *a.* 救济的，救援的

unpredictability *n.* 不可预测性

shatter *v.* 使心烦意乱，使震惊

volcano *n.* 火山

ultimate *a.* 无法超越的，最大的，最高的，决定性的

violent *a.* 猛烈的，剧烈的，强烈的

scatter *v.* 使分散，使散布在各处

ash *n.* ［有时作～es］火山灰

practically *ad.* 几乎，差不多

hurl *v.* 猛投，力掷

fragment *n.* 碎片，破片，碎块

stratosphere *n.* 【气】平流层，同温层

cone *n.* 火山锥，锥状地形

bang *n.* （突发的）巨响，爆炸声

surge *n.* 波涛般的汹涌奔腾，浪涛般的轰鸣声 *v.* （浪涛等）汹涌，奔腾

molten *a.* 熔化的，熔融的；灼热的，炽烈的

lava *n.* 【地】熔岩

tiny *a.* 极小的，微小的

process *n.* 过程，进程

rift *v.* 使开裂，使断裂

chain *n.* 山脉

topography *n.* 地形，地貌，地势

basalt *n.* 【地】玄武岩

stable *a.* 稳定的，牢固的，稳固的

atmosphere *n.* （包围地球的）大气，大气圈，大气层

cubic *a.* 立方的

crust *n.* 地壳

crater *n.* 火山口

vapour *n.* 蒸气，汽，雾，烟雾

nitrogen *n.* 氮

carbon dioxide *n.* 二氧化碳

sulphur dioxide *n.* 二氧化硫

methane *n.* 甲烷，沼气

ammonia *n.* 氨，阿摩尼亚

hydrogen *n.* 氢

multiply *v.* 使增加，使成倍地增加

semi-molten *a.* 半熔化的

mantle *n.* 地幔

brittle *a.* 易碎的，易损坏的

yolk *n.* 蛋黄

squishy *a.* 湿软的，黏糊糊的

crack *v.* 裂开，破裂 *n.* 裂缝，裂口，缝隙

bubble *v.* 汩汩地流；冒泡，起泡 *n.* 泡，水泡，气泡；泡沫

archipelago *n.* 群岛，列岛

treacle *n.* （尤指炼制蔗糖时产生的）糖浆，糖蜜

convection *n.* 对流；传送，传导，传递

fracture *v.* 使破裂，使断裂

bump *v.* 碰，撞

grind *v.* 磨

overlap *v.* 互搭，复叠

centimetre *n.* 厘米

zone *n.* 地带，带；层

collision *n.* 碰撞，互撞

occur *v.* 发生

spot *n.* 地点，处所，场所

liquid *n.* 液体，液态

swiftly *ad.* 迅速地

vast *a.* 大量的，极多的

magma *n.* 岩浆

inch *v.* 缓慢地移动

show through 显露，暴露

granite *n.* 花岗岩，花岗石

extrusion *n.* 喷出，喷出物（如熔岩）

dyke *n.* 岩墙，岩脉

squeeze *v.* 用力挤压，硬挤，硬塞

toothpaste *n.* 牙膏

horizontally *ad.* 水平地

plateau *n.* 高原

slurp *v.* 出声地吃（或喝）

boiling *a.* 极热的，炎热的

froth *v.* 起泡沫

lip *n.* （洞口、伤口等的）边缘

Mars *n.* 火星

Jupiter *n.* 木星

Uranus *n.* 天王星

vulcanologist *n.* 火山学家

blast *n.* 爆炸，爆破

pumice *a.* 浮石，浮岩

crystalline *a.* 结晶的，结晶体组成的

Giant's Causeway 巨人岬（北爱尔兰安特里姆郡北海岸的柱状玄武岩岬角，由数千根大多为六角形的岩柱组成）

widen *v.* 加宽，放宽；扩大…的范围，增加…的程度，扩大

Atlantic 大西洋

earthquake *n.* 地震

tectonic plate（地壳）构造板块

dramatic *a.* 引人注目的，给人深刻印象的

ring of fire 火环

Krakatoa 喀拉喀托火山［印度尼西亚西南部］（即腊卡塔火山；苏门答腊岛同爪哇岛之间的一个活火山岛）

Sunda Straits 巽他海峡（在印度尼西亚的苏门答腊岛和爪哇岛之间）

predictable *a.* 可预言的，可预料的，可预计的，可预报的

slop *v.* 溢出

rim *n.*（尤指圆形物的）边，缘，边缘

plug *n.* 岩颈

block *v.* 堵塞，阻塞

irresistible *a.* 不可抵抗的，不可抗拒的，不能压制的

survive *v.* 活下来，幸存

fierce *a.* 猛烈的，激烈的

dust *n.* 灰尘，尘土，尘埃

cancel *v.* 取消，撤销；删去，划掉

starve *v.* 挨饿，饿死

frost *n.* 冰冻（期），严寒天气

potentially *ad.* 潜在地，可能

especially *ad.* 特别，尤其

inactive *a.* 不活动的，不活跃的，无活力的

outcrop *n.* 露头，出露，露出地表

emit *v.* 发出，散出，散发（光、热、电波、声音、液体、气味等)

考题解析

Questions 14—17 List of Headings

14. Section A 中第 5 行：Volcanism, the name given to volcanic processes, really has shaped the world. 第 9 行：Volcanoes have not only made the continents, they are also thought to have made the world's first stable atmosphere… 最后一句：We are alive because volcanoes provided the soil, air and water we need. 都在讲火山爆发对地形地貌的影响。

15. Section B 中用煮得半熟的鸡蛋会帮助理解地球内部的运动，最后两句：These fracture zones, where the collisions occur, are where earthquakes happen. And, very often, volcanoes. 总结地震火山的成因。

16. Section C 中第 2 段首句：Sometimes it is slow… 第 3 段首句 Sometimes the magma moves very swiftly indeed. 说明不同的类型，对应 different types。

17. Section D 首句：But volcanoes are not very predictable. 对应 the unpredictability。

Questions 18—21 Short Answer

18. Section C 倒数第 6 行中：… what are called tectonic plates…

19. 定位 molten rock from the mantle, 原文 Section C 第 5 行中。

20. 定位 Pacific Ocean, 原文 Section C 倒数第 4 行。

21. 定位 Pinatubo, 易误填 a decade。原文 Section C 倒数第 3 行，该句说 Pinatubo 在大约 10 年前爆发。题目问的是 Pinatubo 山在爆发前沉寂了多久。正确出处

在原文 Section D 第 6 行。

Questions 22－26 Summary

22. 有难度。原文 Section A 第 3 段首句中有三个并列：the continents, atmosphere, the water。22 题本来可以填 the continents 或 the water，但 Summary 首句已经提到 land surface，对应原文中 the continents，所以此处只能填 the water。

23. 有难度。原文 Section C 第 5 行 Sometimes it is slow... 要判断 it 的指代。找到 Section C 第 8 行 sometimes... the magma rose faster... 在找到 Section C 第 3 段首句 Sometimes the magma moves very swiftly indeed. 可以判断 it 指代 magma。

24. 较难。定位词 Northern Ireland，Wales，South Africa 很好找，原文 Section C 第 2 段第 5 行中，但在该句中找不到其他的地名并列了。要注意到下一句话 In the Deccan Plateau in western India... 该句意思承接上句，仍然是 the magma rose faster 的一个例子，只不过该例子更加具有代表性，单独放在后面加深读者印象。

25. 定位 A third type→lava，原文 Section C 中第 3 段第 3 行：... it explodes with tremendous force. 其中 it 指代 the lava；with tremendous force 对应 25 题空格后 violently。

26. 较难。但如注意到 26 题空格后是单词 are，说明 26 题应会原文处找一个复数名词，该题就简单了。Section C 中的复数名词直接应找到 gases，而且气体才能被 emitted。如果不靠语法知识的帮助，只有把原文相对应的几句话多读几遍理解透彻，请参考译文。

参考译文

火山——震惊地球的新闻

　　1991 年 6 月 9 日，皮纳图博火山突然爆发，以前和现在爆发的火山产生的威力再一次成了头条新闻

A　火山是最大的掘土机械。一次猛烈的爆发能把山的最上面几千米掀飞，将细火山灰几乎驱散到整个地球，把碎石块抛到大气的平流层，使一个大陆之外的天空变黑。

　　　但是最典型的喷发——锥形火山、巨大的爆炸声、蘑菇云以及汹涌奔腾的熔岩——从整个地球来讲只是故事的一小部分。火山爆发过程叫火山活动，真的是它把世界造就成了现在这个模样。火山爆发使大陆断裂，使

山脉长高，使小岛形成，使地貌定型。整个海底以火山玄武岩为基底。

火山不仅造就了大陆，人们还认为它们造成了世界上最早的稳定大气，所有海洋、河流和冰盖的水都是它们提供的。目前大约有 600 座活火山。每年，它们给大陆增加 2—3 立方千米的石头。想象一下相同数量的火山在过去 35 亿年里不停地冒着烟。这些石头足以说明大陆地壳的成因了。

从火山口喷出来的大部分是气体。这些气体 90% 以上是来自地球深处的水蒸气，这足以解释经过 35 亿年的时间之后海洋的水。剩下的气体包括氮、二氧化碳、二氧化硫、甲烷、氨和氢。这些气体的量同样在 35 亿年的时间里成倍增加，足以说明世界的大气之多。我们之所以活着，是因为火山提供了我们需要的土壤、空气和水。

B 地质学者认为地球有一个熔化的地核，周围包裹着半熔化的地幔和一层易碎的外壳。想想煮得半熟的鸡蛋会帮助我们理解，蛋黄是溏心的，蛋清虽然结实但又湿又软，蛋壳是硬的。煮蛋过程中蛋壳只要稍稍有一点破裂，白色的东西就会冒着泡鼓出来，像一座小山脉一样堆在裂缝上——就像夏威夷群岛那样的火山群岛。但地球要大得多，下面的地幔也要热很多。

尽管地幔岩石由于上面的压力作用一直保持着固态，它们还是可以像浓稠的糖浆一样慢慢地"流动"。这种流动被认为是一种对流，其威力足以使地壳这个"蛋壳"破裂成板块，并且使它们一直进行相互碰撞和摩擦，甚至以每年几厘米的速度重叠在一起。这些发生碰撞的断裂带是发生地震的地方，而且经常会有火山爆发。

C 这些地区是薄弱地带，或者说是热点。每次爆发都不一样，但用最简单的话来说，只要是薄弱地带，地幔深处的岩石只要热到 1350℃ 就会开始膨胀和上升。在这个过程中，压力下降，体积膨胀，成为液体，而且以更快的速度上升。

有时候速度很慢：巨大的岩浆泡泡——来自地幔的熔化了的岩石——缓慢地向地表移动，逐渐冷却，以花岗岩喷出物的形式显露出来（就像在斯凯岛上，或者 the Great Whin Sill，熔岩岩脉就像牙膏一样往外挤，支撑起位于英格兰北部哈德良长城的一部分）。有时候——像在北爱尔兰、威尔士和南非的卡鲁——岩浆上升得更快，然后水平地流到地表，成为大片厚厚的岩席。在印度西部的德干高原上有超过两百万立方千米的熔岩，有的地方厚达 2400 米，历经 50 万年咕咚咕咚地爆发才得以形成。

有时候岩浆移动确实非常迅速。往上涌的时候它没有时间冷却，因在炙热的岩石里面的气体突然膨胀起来，熔岩热得发光，它开始起泡沫，然后就是剧烈的爆炸。接着，后面温度稍微低一点的熔岩开始从火山口边缘流出来。这种情况会在火星上发生，曾经在月球上发生，甚至在木星和天王星的一些卫星上发生。通过研究证据，火山学家可以了解过去的大爆炸的威力。浮石轻吗？是不是布满了小孔？这次爆炸规模巨大。那些巨大的结晶玄武岩、像北爱尔兰的巨人岬那样的石头重吗？那次喷发速度慢、威力小。

最大的火山喷发在海底中部最深的地方，新的熔岩猛地把大陆分开，每年大约使大西洋宽 5 厘米。看一看火山、地震以及像菲律宾和日本这样的群岛地图，你就可以看到所谓的构造板块的大致轮廓——那些形成地壳和地幔的板块。最引人注目的是太平洋"火环"，那里发生过最猛烈的爆发——马尼拉附近的皮纳图博火山、落基山脉的圣海伦斯火山和大约 10 年前的墨西哥的埃尔奇琼火山，像 1883 年在巽他海峡喀拉喀托火山那样的震惊世界的爆发就更别提了。

D　但是火山爆发不是很容易预测，那是因为地质时期不像人类的时间。在平静时期，火山用从火山口边缘溢出的熔化了的岩石形成强大的火山锥把自己罩起来；后来熔岩逐渐冷却，变成一个巨大的、坚硬的、稳定的塞子，不让火山继续喷发，直到里面的压力变得无法抗拒。就皮纳图博火山的情况来说，这个过程花了 600 年的时间。

有时候，只有一点点预兆，火山就把山顶炸开了。1902 年 5 月 8 日早晨 7 点 49 分，马提尼克岛上的培雷火山就是这样爆发的，一个 2.8 万人口的小镇只有 2 人幸存。1815 年，印度尼西亚的坦博拉火山突然爆发，把 1280 米的山顶都掀掉了。这次爆发如此猛烈，被抛到平流层的灰尘使天空一片黑暗，欧洲和北美洲那年都没有了夏季。由于六月下雪、八月霜冻，庄稼歉收，成千上万的人忍饥挨饿。火山很可能成为世界新闻，尤其是那些平静的火山。

READING PASSAGE 3
Obtaining Linguistic Data

词汇注释

linguistic a. 语言的，语言学的
procedure n. 传统的做法；程序，手续，步骤
available a. 可利用的
intensive a. 集中的，密集的，深入细

致的，透彻的
investigation n. （官方）调查，调查研究
casual a. 不是安排好的；无计划的，无条理的，未经考虑的；随便的，漫

不经心的

introspection *n.* 内省，自省，反省

tongue *n.* 语言，方言，土语

armchair *n.* 扶手椅

informant *n.*（为语言学调查）提供资料的讲本地话（或本国话）的人

native *a.* 土生土长的，本地（或本国）出生的

utterance *n.* 言辞，言语，言论

analysis *n.* 分析

correctness *n.* 正确性

usage *n.* 使用，用法；【语】惯用法，习语，成语

linguist *n.* 语言学家

ambiguity *n.* 含糊不清，不明确，歧义，模棱两可，可作多种解释

acceptability *n.* 可接受性

property *n.* 特性，性质，性能，属性

intuition *n.* 直觉，直觉力，直觉行为；敏锐的洞察力

convenience *n.* 方便，合宜

approach *n.*（处理问题的）方式，方法；态度

norm *n.* 标准，规范

generative *a.*【语】生成的

linguistics *n.* ［用作单］语言学

recourse *n.* 依靠，依赖，求助

unavoidable *a.* 不可避免的

interact *v.* 互相作用，互相影响

identity *n.* 身份；个性，特性

influence *v.* 影响，对…起作用，左右，支配

conversation *n.* 谈话，会话，交谈

characteristic *n.* 特性，特征，特点，特色

social setting 社会环境

formality *n.* 正式（性质）

relevant *a.* 有重大关系的，有意义的

consistency *n.* 一致，连贯

scrupulous *a.* 细致的，一丝不苟的，严肃认真的

investigative *a.*（官方）调查的，调查研究的

technique *n.* 手段，方法

tape-record *v.* 用磁带录（音或像）

enable *v.* 使能够，使可能，使可行，使实现

naturalistic *a.* 自然的，模仿自然的

abnormally *ad.* 反常地

minimise *v.* 使减少（或缩小）到最低限度

paradox *n.* 自相矛盾的荒谬说法，似是而非的矛盾说法

ethical *a.* 道德的，合乎道德的

anticipate *v.* 预期，期望，预料

alternatively *ad.* 或，非此即彼，如其不然

attempt *n.* 企图，尝试，努力

out of sight 在视程以外，在看不见的地方

stimulate *v.* 刺激，激励；促使，引起

locality *n.* 地区

audio *a.* 音频的，声频的

ambiguous *a.* 含糊不清，不明确的，难以理解（或区分）的；引起歧义的，模棱两可的，可作多种解释的

supplement *v.* 增补，补充

participant *n.* 参加者，参与者

facial *a.* 面部的

expression *n.* 表情

dramatically *ad.* 戏剧性地；引人注目地，显著地

alter *v.* 改变，更改，使变样

limitation *n.* 局限，限制因素，缺陷，弱点

transcription *n.* （录音资料的）文字本

benefit *v.* 得益，得到好处

commentary *n.* 评论

session *n.* （从事某项活动的）集会（或一段时间）

systematically *ad.* 系统地，有条理地

bilingual *a.* 熟谙两种语言的，能说两种语言的

interpreter *n.* 译员，口译者

worksheet *n.* （记录初步考虑的问题、想法等的）备忘单；（学生做的）活页练习题

questionnaire *n.* （通常用于收集信息或意见的）一组问题，问题单，调查表

variable *n.* 易变的事物，可变性，可变因素

pronunciation *n.* 发音，发音法，读法

elicit *v.* 引起，使发出

elicitation *n.* 引出，诱出，启发

substitution *n.* 代替，代用，替换

frame *n.* 结构

stimulus *n.* 刺激（物），激励（物），

促进（因素）

representative *a.* 有代表性的，典型的

compile *v.* 编辑，编纂

corpus *n.* 语料库

unbiased *a.* 不偏袒一方的，无偏见的，公正的

frequency *n.* 重复发生率

accessible *a.* 可（或易）使用的，可（或易）得到的

corpora corpus 的复数

extract *n.* 摘录，选段，引文

depend on 视…而定，决定（于）

hypothesis *n.* 假说，假设，前提

by contrast 对比之下

principle *n.* 原则，主义，原理

inevitably *ad.* 不可避免地，必然（发生）地

coverage *n.* 覆盖，总括，覆盖范围

derive from 起源，衍生

experimentation *n.* 实验，试验

self-conscious *a.* （在他人面前）不自然的，忸怩的，怕难为情的

convenient *a.* 省力的，方便的

rely on 依靠，依赖

考题解析

Questions 27—31 Matching

27. 定位词 recording。D 段第 7 行：People talk abnormally when they know they are being recorded, and sound quality can be poor.

28. 定位词 notes, body language。E 段第 4 行：the recording has to be supplemented by the observer's written comments on the non-verbal behaviour... 其中 written comments 对应 notes；non-verbal behaviour 对应 body language。

29. 定位词 social situation, influenced。C 段第 10 行：The topic of conversation and the characteristics of the social setting are also highly relevant... 其中 highly relevant 对应 influenced。

30. 定位词 less self-conscious。D 段倒数第 1、2 句。

31. 较难。定位词 various methods。F 段中 structured sessions, translation tech-niques，a restricted set of questions 等，都是各种得到数据的方法。

Questions 32 — 36 Table

32. 定位词 convenient。原文 B 段 12 行 The convenience of this approach... 再往回看看 this approach 是指哪种方法，找到前面有 linguists act as their own in-formants 的表达。

33. 定位词 child speech。B 段末尾。

34. 定位词 recording→sound。原文 D 段第 9 行：... sound quality can be poor.

35. 较难。定位词 videoing。原文 E 段倒数第 5 行：Video recordings avoid these problems... 往前找 these problems 是哪些？E 段第 3 句说：如果只录音，就需要笔录下参加者的 non-verbal behaviour。第 4 句又说：录音同样没有办法记录 facial expression。意思是用 video 就没有这些问题。

36. 较难。原文 E 段最后一句：... but even they have limitations... 其中 they 指代 video recordings。

Questions 37 — 40 Summary

* 注意到题目描述：Complete the summary of paragraph G below.

37. 定位 comment objectively on。原文 G 段第 4 行：... unbiased statements about frequency of usage... 其中 unbiased statements 对应 comment objectively。

38. 定位 focus on。原文 G 段第 11 行：... deals only with a particular linguistic feature. 其中 deals only with 对应 focus on。

39. 定位 time, affect。原文第 12 行：The size of the corpus depends on... 原文和题干中通过使用不同的因果关系表达（affect 和 depends on）使主语和宾语位置调换。

40. 定位 be gained from。原文倒数第 3 行：derived from the intuitions of native speakers... 其中 native speakers 对应题干中 those who speak the language concerned.

参考译文

获得语言资料

A 要获得一门语言的资料有很多种途径，从去国外进行计划缜密、深入细致的实地考查到坐在家中的扶手椅里对自己的母语做漫不经心的反思。

B 在所有的情况下，都需要有人充当语言资料的来源——即一个为语言学调

查提供资料的讲本地话的人。提供资料的讲本地话的人（最理想的）是土生土长的讲这种语言的人，他们能为分析提供言语资料，还能提供有关这种语言的其他信息（例如，翻译、对正确性的评价或者是对用法的看法）。通常，在研究自己的母语时，语言学家会充当自己的提供资料的讲本地话的人，根据自己的直觉判断言语的多种解释、可接受性或其他属性。这种方法方便易行，因此被广泛使用，并被认为是语言学生成法的标准。但是一位语言学家的个人判断通常是捉摸不定的，或者与其他语言学家的意见相冲突，这个时候就需要用更加客观的方法进行研究，用非语言学家来充当提供资料的讲本地话的人。后面这种做法在研究外语或儿童说话时是不可避免的。

C 选择提供资料的讲本地话的人时必须考虑很多因素——研究对象是否是单个说话人（语言没有得到研究之前情况往往如此）、两个相互交谈的人、一组人还是一大批一大批的人。年龄、性别、社会背景和其他方面的特性都很重要，因为众所周知这些因素会影响使用的那种语言。谈话的话题和社会环境的特征（例如正式的程度）也有很大关系，就像提供资料的讲本地话的人的个人品质那样重要（例如流利程度和连贯性）。对于更大型的研究来说，使用的取样理论得到了极大重视，而且，在所有情况下，必须就使用哪种研究方法最好作出决定。

D 如今，研究者经常用磁带给提供资料的讲本地话的人录音。这就使语言学家关于语言的主张能够经受检验，并且提供使这些声明更加准确的办法（"难懂的"片断可以反复听）。但是获取自然、高质量的资料决非易事。知道自己的话被录音，人们说话时就不正常，声音质量也可能很差。为此人们设计了各种各样用磁带录音的方法，尽量减少"观察者的矛盾"（如何在人们不被观察的情况下观察他们的行为方式）。有的录音制作的时候说话人并不知情——这种做法获取的资料很自然，但必须预料到从道德上会遭到反对。还有一种选择方案，那就是可以想办法努力让说话人忘记录音的事，比如把录音机放在看不见的地方，或者使用无线麦克风。一种有用的方法是，提出一个很快让说话人参与进来的话题，激发出自然的语言表达（例如同年纪大一点的人他们家乡的日子是怎样改变的）。

E 然而，一盘录音磁带不能解决语言学家的所有问题。录到的话经常含糊不清、模棱两可。因此，只要有可能，观察者必须对录音进行文字补充，对参与者的非言语行为和当时总的环境做些点评。例如，面部表情可能会彻底改变话的意思。录像在很大程度上避免了这些问题，但就连它们也有局限（摄像机不能面面俱到），观察者提供的附注对文字材料总是有帮助的。

F　语言学家也充分利用安排好的见面活动，他们有计划有步骤地让提供资料的讲本地话的人说一些话描述某些动作、物体或者行为。如果研究对象能说两种语言，或者借助口译，翻译也是一种切实可行的办法（"桌子在你们的语言里怎么说？"）。使用会谈备忘单和调查表可以在很短时间涉及很多问题。通常，研究者只希望获得一个可变因素方面的信息，这样的话就可以用一组有限的问题：例如，可以通过让提供资料的讲本地话的人说一组规定的词，得出某个发音特点。直接推导法也有很多种：比如让提供资料的讲本地话的人在替换结构中填空（例如：I ＿＿ see a car），或者为他们提供错误的答案让他们改正（"可以说 I no can see 吗？"）。

G　一个为语言分析编写的具有代表性的语言样本就是所谓的语料库。语料库使语言学家能够对使用频率提出公正的说法，并且为不同研究者的使用提供可获得的资料。语料库的范围和大小各不相同，有的语料库试图把语言作为一个整体，从许多种文本中做一些摘录；其他的则进行了严格挑选，提供的资料只涉及某个语言学特征。语料库的大小取决于很多实际因素，比如可用来收集、处理和储存资料的时间：为几分钟的谈话提供一份准确的文本可能会花长达几个小时的时间。有时候一个小的资料样本就足以决定一个语言学的假设；相比之下，大的研究项目中的语料库包含的单词数量可达到数百万个。一个重要的原则是，所有的语料库，无论大小，其覆盖范围必然都是有限的，总是需要补充一些资料，这些资料来自土生土长说这种语言的人的直觉，获取途径要么通过内省，要么通过实验。

WRITING

WRITING TASK 1

这是考官准备的一篇优秀范文（原文在《剑桥雅思 4》第 166 页），请注意答案可以千变万化，下面只是其中之一。

　　此图表提供了 1999 年澳大利亚男性和女性在毕业后的继续教育方面获得不同层次文凭的信息。

　　首先我们可以看到，男性和女性获得不同文凭的比例存在巨大的差异。最大的性别差异存在于继续教育的最低层次，其中 90% 获得职业技术文凭的是男性，相比之下女性只占 10%。相反，获得本科文凭的女性（70%）要多于男性，而且获得其学位的女性也稍多于男性（55%）。

　　在较高水平的教育阶段，获得硕士文凭的男性明显多于相应的女性（分别为 70% 和 30%），而且硕士研究生中 60% 是男性。

　　因此我们可以看到，无论在较低还是在较高的教育层次上，获得文凭的男性都要比女性多；但是获得本科文凭的女性要多于男性。然而，在学士学位层次上性别差异是最小的。

WRITING TASK 2

This model has been prepared by an examiner as an example of a very good answer.

I believe that there are pros and cons to this statement but in general I would have to agree. Creativity is not something that anyone has the right to control except the artist, writer, producer or composer.

Take for example the impressionist movement that started in the late 19th century. When artists such as Monet, Van Gogh, and Renior first exhibited at the Louvre, there were riots in the streets of Paris. This was exactly what the movement needed. It was controversial and forced people to look at art in a different light.

More recently, according to Xinhua News agency, the German Gunther von Hagen developed a process called plastination, which preserves human bodies indefinitely. He held a show in Berlin and was met with cries of, "Is that art?" and "Is that moral?" His art consists of plastisized skinned human bodies in various poses. I believe that he has drawn attention to anatomy in a very unique way and that while some may not consider it art, he has the right to express his creativity in any way he wishes. All his pieces are crafted from bodies he has received permission to use. Certainly it is odd and controversial, but it sure makes you think. Curiosity is an odd thing.

There have been hundreds of books, films, art and music that have caused passionate anger, fear and a multitude of other emotions and reactions, but this I believe is what they were meant to do.

Finally, people like to be challenged and forced to face their fears and I think that all these media help to nurture creativity through the attention they spark in others. Art is not a passive activity. It requires the viewer to participate in some way or another and the government has no business in defining what artists may or may not do.

(309 words)

参考译文

我认为这种说法有利有弊，但总的来说我得表示同意。创造力不是任何人有权控制的，除了艺术家、作家、制片人或作曲家。

以 19 世纪晚期开始的印象派运动为例。当莫奈、凡·高和雷诺阿这样的艺术家开始在卢浮宫举办展览的时候，巴黎街头出现了骚乱。这正是印象派运动所需要的。由于颇受争议，这就迫使人们用不同的眼光看待艺术。

晚些时候，据新华社报道，德国的 Gunther von Hagen 发明了一种叫做塑化的方法，这种方法可以无限期地保存尸体。他在柏林举办了展览，招来一片声音："那是艺术吗？""那样做道德吗？"他的艺术由姿态各异的剥皮塑化尸体组成。我认为他用一种独一无二的方法把注意力吸引到了解剖学上，虽然有人认为这不是艺术，他仍有权用他希望的任何方式表现自己的创造力。他的所有作品都是用获准使用的尸体精心制作的。这样做无疑有些古怪而且颇受争议，但它肯定会引发你思考。好奇心是个奇怪的东西。

　　有成百上千的书、电影、艺术品和音乐引起了强烈的愤怒、恐惧和很多其他情感和反应，但我相信这正是它们的用意。

　　最后，人们喜欢接受挑战，喜欢被迫面对恐惧，我认为所有这些媒介都是通过激起别人的注意力帮助培养创造力。艺术不是被动的活动，它要求观众以某种方式参与其中，艺术家可以做什么、不可以做什么根本就不关政府的事。

SPEAKING

Band 9 Speaking Test Scripts

E: = Examiner　　C: = Candidate

PART 1

E: Do you have any hobbies or interests? (What are they?)

C: Yes, I like collecting memorabilia from the Mao era. You know, like money, food stamps, pictures, books and a few other things. I think that in the future they could be worth something. I also like exercising when I have the opportunity.

E: How did you become interested in the Mao memorabilia?

C: Well, it's part of our history and I find the history behind it very interesting. I just like to be able to put things and events together. It makes the history more vivid and real.

E: How do you usually spend your holidays?

C: Holidays here are usually spent with family. I personally would prefer to travel around China and then outside of China, but I'll have to wait until I can afford it. Also, my grandparents are getting old and probably won't be around too much longer, so while they're still here I'll visit them.

E: Is there anywhere you would particularly like to visit? (Why?)

C: I have always wanted to go to the Ice Hotel in Sweden. Ever since I saw a National Geographic program on it, I have had this passion to visit the place just to see what it's like. I think it would be really cool.

PART 2

E: Describe a river, lake or sea which you like.

C: I'd like to talk about the Yangtze or Chang Jiang river, the longest river in China and Asia. It's about 5,550 Kilometres long and starts in the Tibetan highlands, in southwest Qinghai province and flows through central China into the East China Sea at Shanghai. It's a major trade and transportation route. At the Sichuan basin it meets up with the Wu River and flows through the Chang Gorges where it's almost impossible to navigate, except for the locals. There are temples and pagodas perched on the hills along the gorge. In 1994 construction began farther upriver on the Three Gorges Dam, 50 km west of Yichang; the dam is scheduled to be completed in 2009. It will be the world's largest concrete structure and largest hydroelectric station filling a reservoir that will hold as much water as Lake Superior in Canada and the USA. I like the river because it is so large and majestic. To tell you the truth, I've never been there, but a dream of mine is to take a cruise along the Yangtze! I have a friend who took such a cruise, and he said it was one of the most incredible experiences of his life.

PART 3

E: What do people enjoy doing when they visit rivers, lakes or the sea? Why do you think these activities are popular with people?

C: I think that most people enjoy fishing, swimming, sailing or just sitting around and taking in the scenery because all these activities are relaxing in one way or another. I personally think that most people just like to get away from the noise and pollution of big cities.

E: What benefits do you think people get from the activities they enjoy in water?

C: As I said before, I think that the biggest advantage they get from these activities is relief from the noise, pollution and stress of living in mega cities.

E: What are the different advantages of going to the sea or to a swimming pool to enjoy yourself? What do you think the disadvantages are?

C: Well, the obvious advantages of the sea over a swimming pool again would be the congestion of the pool over the relative peace and quiet at the sea. You also have to contend with the chemicals and other nasty fluids in pools whereas the ocean is for the most part natural and beneficial for your health and to be quite honest I don't see any disadvantages in going to the sea other than the time it takes to get there.

E: How does water transport, like boats and ships, compare with other kinds? Are there any advantages/disadvantages of water transport?

C: Water transport is obviously going to be slower than say truck, train or airplane, but on the other hand is quite a cheap way of shipping goods. The majority of exports from China for example go by ship to save on costs. However, when you consider the number of goods that come from remote parts of China via water to Shanghai and other ports, barges and small ships also play an important economic role in domestic trade.

E: How important is it for a town or city to be located near a river or the sea? Why?

C: That would depend on whether or not the town or city was producing large quantities of goods that were to be transported elsewhere. Many of the towns and villages in China haven't reached that point of development yet. There are many cities, though, such as Shanghai, that clearly benefit from being near a river or the sea.

E: Have there been any changes in the number of jobs available in fishing and water transport industries, do you think? Why do you think this?

C: Yes, over the past 10 years the development of industry in China of both raw materials and finished products has risen exponentially and has necessitated a need for larger ports thereby creating more jobs of dockworkers and logistic companies. As for fishing, I don't know much about that industry but I would assume that there has also become a need for more seafood given the rise in popularity of tourism and foreign enterprises here now.

Test 4

LISTENING

SECTION 1

谈话场景：筹备告别会场景
人物关系：关系亲密的同事
谈话主题：讨论将给要离开的同事开告别会的有关事宜：时间、地点、邀请人员、礼物等。

词汇注释

venue n.（行动、事件等的）发生地点，举行场所

envelope n. 信封

handy a. 便利的，方便的，近便的

plenty a. 很多的，足够的

snack n. 快餐，点心，小吃

tape deck 磁带放送机

考题解析

Question 1

观察所给表格，可以预知对话内容是关于 John 的告别晚会的筹备问题。对话所涉及的内容将包括：举办告别会的地点、邀请人员、送邀请信的日期、大伙凑份子的数目、收份子钱的时间、考虑买什么礼物、请客人带的东西，以及请学生代表准备发言。并且，考生还应该注意到，关于"邀请"的问题主要是要听清楚 Tony 所说的话，而关于"礼物"的问题主要是听清楚 Lisa 所说的话。听题前先仔细观察已知信息，对对话内容进行大致猜测，考生能够更好地把握对话内容，从而更好地解题。

此题题干中给出的单词是考查重点，该词"venue"一词意为"会议地点，集合地点"，读为［'venju］。考生需注意此题所填每个单词的首字母都要大写。

Question 2

此题较为简单，所听即所得。注意"staff"一词的意思为"全体职员"，读为［stɑ:f］。

Question 3

此题需注意"students"一词应该用复数形式。

Question 4

此题需注意不能只写日子"Tenth"，要把月份和日期都写上才算对。其实要抓住月份很简单，表格前面的例子里就已经表明告别会是在"22nd December"，所以

此处的送邀请信的日期也应该为 "December"。另外，考生还要注意月份的首字母是需要大写的。

Question 5
此题所填 "coffee break" 意为 "休息时间，喝咖啡时间"。

Question 6
此题相当简单，填阿拉伯数字和英文单词都可以。

Question 7
此题也不难，问的是需要去查价格的礼物包括哪些。考生要注意题目要求每空所填单词不得超过三个，所以不能按原文所说 "a set of dictionaries" 来填，可填 "dictionaries / set of dictionaries"。

Question 8
此题需紧紧抓住说话者说话的线索。原文提到 "Well, some music, because there'll be a tape deck there in the room, and we can have some dancing later on."（还有一些音乐磁带，因为房间里有音乐播放器，我们可以在稍后跳舞。），所以此题可填 "some music / some music tapes / some tapes"。

Question 9
此题较为简单，注意需填复数单词。另外，"photos" 和 "photographs" 都可以。

Question 10
此题非常容易，所听即所得。

SECTION 2

谈话场景：旅行社咨询热线的电话录音
人物关系：说话者为电话录音者，听众为对该旅行社旅行线路感兴趣的顾客
谈话主题：介绍旅行线路、服务质量，以及费用问题。

词汇注释

complaint *n.* 抱怨，诉苦

discerning *a.* 有识别力的，有眼力的，聪明的，精明的

pride *n.* 自豪，得意

guidance *n.* 引导，指导

guarantee *v.* 保证，担保

cater *v.* 满足需要，投合，迎合

fitness *n.* 健康

communal *a.* 集体公用（或参加）的，公共的，共同的

quiz *n.* 智力竞赛，答问比赛

inclusive *a.* 包括一应费用在内的，一切项目包括在内的

考题解析

Question 11

题干中提到 "to find out how much holidays cost, you should press button..."（要想知道每趟假日旅行线路的价格，请按...），所以当对话开头提到 "旅行线路价格" 之类的线索词的时候，考生应该特别注意。原文中提到 "if you want to hear our latest price lists, please press two"（如果你想知道最新的旅游线路报价，请按 2），所以此题选 B。

Question 12

原文提到 "We offer guided walking tours to suit the discerning travller in twelve different centres throughout the whole of Western Europe."（我们提供有导游的旅游线路，以适应整个西欧 12 个不同地区的旅行者），所以此题选 A。

Question 13

原文提到 "catering for all skills and fitness levels"（适应所有不同技术不同适应能力的人），其实就是选项 A 的另一种表达法。注意短语 "cater for" 意思是 "迎合，适应"。

Question 14

原文提到 "we guarantee that no single client will pay more"（我们保证所有单独的顾客都不会另外缴费），所以此题应该选 A。注意 "client" 一词的意思和读音，意为 "顾客，客户"，读为 ['klaiənt]。

Question 15

原文提到 "entertainment is laid on nearly every night"（几乎每个晚上都有娱乐活动），此处的 "be laid on" 就相当于此题题干中的 "be provided"，考生在听题的时候要抓住线索词 "entertainment"。另外，考生还要注意不能选择 C，因为原文提到的是 "几乎每个晚上"，而不是 "每个晚上"，此处是出题人设计的一个干扰选项。

Question 16

观察所给表格，可知对话内容是关于不同时间长度的旅游线路的花费问题。有三种时间长度的旅游线路可供选择：3 天、7 天和 14 天。考生要填的是不同线路的每个人的费用，以及价格内所包括的特殊服务。

此题很简单，考查数字的听写。注意由于题目要求每空所填单词不能超过三个，所以最好写阿拉伯数字。

Question 17

此题考查最高级的拼写。注意 "nearest" 一词的拼写。

Question 18

此题同样是所听即所得，注意 "local" 一词的意思和读音，意为 "当地的，地方的"，读为［ˈləʊkəl］。

Question 19
此题还是考查数字的听写，同样要写阿拉伯数字以满足题目要求。

Question 20
此题在听题时抓住线索词 "membership" 较为重要。注意 "walking" 一词要用动名词形式。

SECTION 3

谈话场景：作业场景
人物关系：同学之间
谈话主题：讨论作业如何完成，如何设计实验，以及如何找参考资料

词汇注释

primary school 小学，初等学校
hovercraft *n.* 气垫飞行器，气垫船
ambitious *a.* 有野心的，由强烈欲望的，有抱负的
paperclip *n.* 回形针
copper sulphate 硫酸铜
dissolve *v.* 使溶解
crystal *n.* 结晶，结晶体
spinning *a.* 旋转的
segment *n.* 部分，片，断片，切片
string *n.* 线，细绳
merge *v.* 合为一体，融合
principle *n.* 原理

elementary *a.* 基础的，初级的
physics *n.* 物理，物理学
hand drill 手钻
bolt *n.* 螺栓；插销，闩
amplifier *n.* 放大器，扩音机，扬声器，喇叭
suitable *a.* 合适的，适宜的，适当的
risky *a.* 危险的，有风险的
tame *a.* 不危险的，安全无害的
fortnight *n.* 十四天，两星期
babyish *a.* 婴儿般的，孩子气的，幼稚的

考题解析

Question 21
观察已知图表，可知 21—26 题要求分别填 5 个实验的有关信息：实验装备和实验目的。考生在听题时按图索骥即可。
此题不难，注意 "balloons" 一词要用复数表示。

Question 22
原文提到 "it's supposed to demonstrate the importance of having fixed units of measurement."（这个实验是用来证明特定度量衡单位的重要性），所以此题可以

按原文填为 "units of measurement"。

Question 23

此题较为简单，原文即提到了 "rock salt"（石盐，岩盐），所听即所得。另外，原文提到的 "copper sulphate" 意为 "硫酸铜"。

Question 24

原文提到 "so it basically teaches the kids about growing crystals"（所以这主要是要告诉孩子们有关晶体的增大的知识），所以此空填 "crystals"，并且要用复数。注意 "crystals" 一词的意思和读音，意为 "晶体，结晶"，读为 ['kristəl]。

Question 25

此题前面给出信息里已经包括了两个必要的装备："cardboard, coloured pens"，所以考生在听到这两个词语时要特别注意，这两个词语后面的文字里必然会提到要填的信息。"a piece of string" 意为 "一根线"。

Question 26

此题虽然不难，但是考生要注意题目要求每空所填单词不超过三个，所以如果按照原文一字不落写下来 "white light or ordinary light"（白光或者普通光）是不能得分的。考生可以填 "white light" 或者 "ordinary light"。

Question 27

27—30 题要求把方框内的每个实验的所存在的问题都对号入座，所以考生可以先观察方框内的选项，然后一边听一边在相应选项旁边做记号。选项 A—H 的意思依次分别为：太乱，太乏味，太难，太多设备，太长，太容易，太嘈杂，太危险。此题考查同义替换，原文提到 "a bit risky" 实际上就相当于选项 H 中提到的 "too dangerous"。

Question 28

此题是出题人精心设计的。原文提到 "I think it needs to be something a bit more active and interesting than that"（我认为应该比这更加活泼有趣），所以实际上这是说话者在抱怨这个实验不够活泼有趣，那也就是说太乏味，所以选 B。考生在做题时一定不能断章取义，要全面考虑。

Question 29

此题考查对原文的精确把握。原文提到 "we had to wait up to a fortnight"（我们必须等两个星期），所以实际意思是："等待时间太长"，选 E。注意，"fortnight" 一词意为 "两星期"，读为 ['fɔːtnait]。

Question 30

此题考查对原文隐含意思的理解。原文提到 "don't you think it's a bit ambitious for this age group?"（你不认为这个实验对这个年龄段的人来说太野心勃勃了一点?），也就是说，对于这个年龄段的人来说这个实验有点难度，所以选 C。注意

"ambitious" 一词，意为"有雄心的，野心勃勃的"，读为 [æm'biʃəs]。

SECTION 4

谈话场景：学术报告场景

人物关系：主讲人为海洋动物专家

谈话主题：介绍澳大利亚鲨鱼的有关信息，其长度、重量、觅食习惯等，以及澳大利亚政府为防止鲨鱼攻击人类所采取的措施。

词汇注释

shark n. 鲨鱼

breed n. 种，属

skeleton n. 骨骼

elastic a. 有弹性的，有弹力的

cartilage n. 软骨

pliable a. 易弯的，柔韧的

scale n. 鳞片，鳞

barb n. 倒钩

texture n.（皮肤的）肌理

sandpaper n. 砂纸

fin n. 鳍，鱼翅，鳍状物

scavenge v. 搜寻食物

prey n. 被捕食的动物，捕获物

acute a. 敏锐的

mesh v. 用网捕捉

parallel a. 平行的

metropolitan a. 大城市的，大都会的，属大城市的

systematic a. 有系统的；有计划有步骤的

authorities n. 当局，官方

uneconomical a. 不经济的，浪费的，代价高的

rolling a. 起伏的，翻腾的，滚滚的

current n. 潮流，流速

考题解析

Question 31

观察所给表格，可以预测到文章将会设计到澳大利亚的鲨鱼的情况，要求填的是关于重量、水中游泳的方式，以及觅食习惯。所以考生听到类似的信息时要格外注意。

此题考查数字的听写，考生写阿拉伯数字就可。

Question 32

原文提到 "this is made possible by their fins, one set at the side and another set underneath the body, and the tail also helps the shark move forward quickly"（鲨鱼的鳍，一个在侧面，另一个在底部，使之成为可能；同时，鲨鱼的尾巴也能帮助鲨鱼更加快速地移动），所以此题填 "tail" 就可以了。

Question 33

原文提到 "mostly, they swim at the bottom of the ocean, scavenging and picking up food that's lying on the ocean floor."（通常，它们在海底游弋，以躺在海底的腐烂食物为食），所以此题填 "floor / bottom / bed" 均可。

Question 34

原文提到 "they have a very acute sense of smell"（它们有着非常敏锐的嗅觉），所以此题填 "sense of smell" 就可以了。

Question 35

首先注意此题题干中提到的 "meshing" 一词的意思是 "用网捕捉，落网"。原文提到 "meshing involves setting large nets parallel to the shore"（用网捕捉包括在沿海岸线铺设大规模的鱼网），所以此题选 A。

Question 36

原文提到 "The New Zealand authorities also looked at it, but considered meshing uneconomical — as did Tahiti in the Pacific. At around the same time, South Africa introduced meshing to some of its most popular swimming beaches."（新西兰政府也考察过，但是认为这种方法经济上不划算——太平洋上的塔希提岛也持同样观点。同时，南非把这种方法应用到了其游人最多，最受欢迎的一些海滩上。）所以，此题应该排除选项 B 和 C，要选择。

Question 37

此题较为简单，考查数字的听写。考生需注意区别 "fifteen" 和 "fifty" 两词在读音上的不同。

Question 38

原文提到 "the majority of sharks are caught during the warmest months, form November to February"（大多数的鲨鱼都是在最温暖的月份被抓住的，从 11 月到 2 月），考生应该注意到南半球澳大利亚的夏天正是北半球的冬天，所以此题应该选 B。此题也是出题人故意设计的考点。

Question 39 — 40

这个两个题要求考生挑出使 "shark nets" 减少作用的选项。原文提到 "But meshing does appear to be less effective than some other methods, especially when there are big seas with high rolling waves and strong currents and anything that lets the sand move"（但是在某种程度上，比起其他方法来说，用网捕捉这个方法的效果并不那么明显，尤其是当有大浪和强流的时候，以及沙流动比较厉害的时候），所以应该选 B 和 E。

READING

READING PASSAGE 1

How much higher? How much faster?

词汇注释

limit *n.* 限度，极限，限制

performance *n.* 表现；成绩

in sight 看得见，被见到；在望，在即，临近

athletic *a.* 运动的，体育的；运动员的，体育家的

steady *a.* 稳定的，固定的；持续的，有规律的

improvement *n.* 改进，改善；增进，增值

athlete *n.* 运动员，体育家；＜英＞田径运动员

hurl *v.* 猛投，力掷

massive *a.* 大而重的，大块的，厚实的

brief *a.* 短暂的，短时间的

release *n.* 放出，排放，发放，释出，使逸出

sprint *n.* 短（距离赛）跑

endurance *n.* 持久（力），耐久（性）

dramatic *a.* 引人注目的，给人深刻印象的，突然的

marathon *n.* 马拉松赛跑（全长42.195公里）

genetics *n.* （有机体的）遗传性，遗传现象

invoke *v.* 援引，（作为根据）提出

oft-cited *a.* 常引用的

adage *n.* 谚语，格言

composition *n.* 组成，构成，成分，成

分的性质

gene *n.* 基因

pool *n.* 【生化】库

appreciably *ad.* 相当可观地

participation *n.* 参与，参加

tempt *v.* 吸引，引起…的兴趣，使很想要（做）

complement *n.* 补充，补足物，互为补充的东西，配对物

sprinter *n.* 短跑选手，短跑运动员

talent *n.* 天才，天资，才干

emeritus *a.* 荣誉退职的，退休后保留头衔的

impressive *a.* 给人以深刻印象的，感人的，激动人心的，令人钦佩的

duplicate *v.* 重复，比得上

plyometrics *n.* 增强式训练

pioneer *v.* 当先驱，当先锋，开路

expend *v.* 用光，耗尽

devoted *a.* （to）专用于…的

interval *n.* （时间、空间上的）间隔，间距，间隙，空隙

nutrition *n.* 营养，滋养

supplement *n.* 补给品

nutritional *a.* 营养的，滋养的

coach *n.* （体育队的）教练，领队

deficiency *n.* 缺乏，缺少，不足

trace *a.* 微量的

mineral *n.* 无机物

injury *n.* 伤害，受伤处，损害

focused training 专项训练

outstanding *a.* 杰出的，出众的，著名的，显著的，重要的

assert *v.* 坚定地断言；主张，维护，坚持

left and right 一个接一个

even if 即使，纵然，虽然

methodology *n.* （学科的）一套方法

biomechanics *n.* [用作单或复]生物力学，生物机械学

motion *n.* 动，运动，移动

digitize *v.* 使（数据）数字化

joint *n.* 关节

limb *n.* 肢，臂，腿

dimension *n.* 【数】维，维数度

Newton's laws 牛顿定律

take-off *n.* 开始，出发

high jumper *n.* 跳高运动员

to date 迄今为止

revolutionary *a.* 革命性剧变的，大变革的，突破性的，完全创新的

bar *n.* （跳高架等的）横杆

contradiction *n.* 矛盾（性），对立（性），不一致（性）

received *a.* 被普遍接受的，公认的，普遍的，一般的

wisdom *n.* 知识，学问

dub *v.* 授予…称号，给…起绰号，把…称为

flop *n.* 拍，扑，重坠

specialist *n.* 专家

comprehend *v.* 理解，懂，领会

complex *a.* 复杂的，错综的，难懂的

unorthodox *a.* 非正统的，非传统的，不保守的

mathematical *a.* 数学的，数学上的

simulation *n.* 模拟，仿真，模拟法，模拟试验，模式

innovation *n.* 革新，改革，创新

cushion *n.* 垫子

pit *n.* （地面的）坑，洼

sawdust *n.* 锯末，锯屑，木屑

foam *n.* 泡沫材料（如泡沫塑料、泡沫橡胶）；泡沫状物

humble *v.* 降低…的地位，使卑贱；消灭…的力量（或锐气），使威信扫地

resourcefulness *n.* 足智多谋，机敏，随机应变

vexingly *ad.* 令人恼火地，使人苦恼地，伤脑筋地

psychologist *n.* 心理学家

mundane *a.* 单调的，例行的，平凡的

equation *n.* 等式

fundamental *a.* 基本的，根本的

foreseeable *a.* 可预见的

burst *n.* 爆发，迸发，突发，猝发，突然的显现

recognise *v.* 认出，识别

inadequate *a.* 不适当的

diet *n.* 日常饮食，日常食物，平时营养

diverse *a.* 多种多样的，形形色色的，多变化的

theoretical *a.* 理论（上）的，纯理论的

考题解析

Questions 1—6 True/False/Not Given

1. 较难，易误选 NG。原文定位第 1 段首句：Since the early years of the twentieth century, when... 下划线中二十世纪早期即是题干中 about 1900 的同义表达。

2. 较难，易误选 F。虽然原文第 1 段第 5 行有：... there has been a steady improvement... 其中的 steady 一词和题干 little 驳斥，但还要看到题干中 before the twentieth century 的表达。原文首句是从二十世纪开始谈起，没有提起之前的情况。

3. 定位 intensive burst of energy，原文出自第 1 段第 14 行：explosive release of energy... 后说到提高 ten to twenty per cent。而后提到的 the endurance events 提高了 almost thirty per cent；可见 the endurance events 是提高最大的，而非 the power events。

4. 定位找到第 2 段首句。文章其他各处也出现过相反的表达。

5. 定位 parents。原文出自第 2 段第 3 行：The athlete must choose his parents carefully. 这是一种调侃的说法，强调基因的重要性，并没有说："顶尖运动员的父母通常都是优秀的运动员"。有的父母有运动基因，但不一定是运动员。

6. 第 2 段后半部分都在表达该含义。如：... but with increasing global participation in athletics... can be identified early...

Questions 7—10 Sentence Completion

7. 定位 Yessis，原文第 3 段第 8 行开始... running on their genetics。

8. 较难。先定位 Soviet Union。原文第 3 段最后一句中... as well as plyometrics 后接同位语：a technique pioneered in the former Soviet Union. 所以题干中的 a training approach 即是 plyometrics。再找描述 plyometrics 的作用和目标的句子。出现在第 4 段首句：... plyometrics focuses on increasing power.

9. 定位 an inadequate diet，原文第 5 段讲 nutrition。该段最后一句... lead to injuries. 考因果关联。

10. 注意到题干中的 new records，定位到原文第 6 段。原文第 3、4、5 段都是 Yessis 在发言，但讲的是提高运动员表现。而第 6 段讲到破纪录：If we applied the Russian training model... they would be breaking record left and right.

Questions 11—13 Multiple Choice

11. 定位 Biomechanics films，原文第 7 段第 3 行：A biomechanic films an athlete in action and then digitizes her performance...

12. 应该定位选项中的 Fosbury flop。原文第 8 段第 9 行：That understanding took the later analysis of biomechanics specialists. 下划线单词对应 D 选项中 explain

一词。

13. 定位 John S. Raglin。原文最后一段倒数第 3 行中 fundamental 一词对应 B 选项 basic。

参考译文

高多少？快多少？
——人类运动成绩的极限仍然是个没有揭开的谜——

　　自从二十世纪早期国际田径联合会开始记录成绩以来，运动员跑步的速度、弹跳的高度和向空中投掷包括他们自己在内的物体的距离都有稳步的提高。对于所谓的力量型项目——那些能量释放要求时间相对更短、更快的项目，像 100 米短跑和跳远——时间和距离都提高了 10—20%。在耐力性项目中，成绩更加引人注目。在 1908 年奥运会上，美国队的 John Hayes 跑马拉松仅用了 2:55:18。1999 年，摩洛哥的 Khalid Khannouchi 创下的新的世界纪录是 2:05:42，几乎快了 30%。

　　没有一种理论能够解释成绩提高的原因，但最重要的因素是遗传。"运动员必须慎重选择自己的父母。"印第安那大学体育科学家 Jesus Dapena 说，他援引了一句常引用的格言。在过去一个世纪的时间里，人类基因库的构成没有发生显著的变化，但随着全球越来越多的人参加体育运动——越来越高的奖励吸引着运动员——具有独特的运动补充基因的人更可能被及早发现。"20 世纪 20 年代曾经有过像［短跑运动员］Michael Johnson 那样的人吗？"Dapena 问。"我能肯定曾经有过，但他的才能很有可能从来未被发现。"

　　发现天生有才的人只是第一步。Michael Yessis 是位于富勒顿的加利福尼亚州立大学体育科学荣誉退休教授，他主张"遗传只能决定运动员能力的三分之一，但是只要训练得当，我们就可以好好利用这三分之一，比目前走得远得多。"Yessis 相信，尽管美国的跑步运动员成绩惊人，但他们是在"靠遗传跑步"。通过利用更加科学的方法，"他们会跑得快得多"。这些方法包括重复跑步比赛中的动作的力量训练以及前苏联开创的技术——增强式训练。

　　尽管大多数运动的目的是增加力量或提高耐力，增强式训练主要是增加力量——一个运动员耗尽体力的速度。Yessis 解释说，一个短跑运动员跑步的时候，她的脚和地面接触的时间只有不到十分之一秒，一半时间用于着地，另一半用于离地。增强式训练帮助运动员充分利用这个短暂的间歇。

　　营养是运动教练员没有充分发挥作用的另一个领域。"很多运动员都没有摄取最好的营养，即使有补品营养也不够。"Yessis 强调说。每项运动都有自己的营养要求。比方说，很少有教练明白缺少微量元素怎么能导致受伤。

专项训练对打破纪录也能发挥作用。"如果我们把俄国的训练模式用到我国的优秀运动员身上,"Yessis 断言,"他们就会接二连三地打破纪录。"然而,他不愿估计成绩提高的程度;"究竟极限在哪里不好说,但只要我们的训练继续完善,就肯定会有提高,哪怕只有百分之一秒。"

一种最重要的新方法是生物力学,它研究运动中的身体。生物力学研究者把运动中的运动员拍摄下来,然后把她的动作数字化,把每个关节和肢体的动作用三维记录下来。通过用牛顿定律分析这些动作,"我们可以说这位运动员跑得不够快;这位运动员起跑时手臂摆得不够有力,"Dapena 说,他用这些方法帮助跳高运动员。然而,迄今为止,生物力学对提高运动员的成绩作用并不大。

革命性的想法还来自运动员本身。比如说,在 1968 年墨西哥城的奥运会期间,有一位相对来说不太出名的跳高运动员 Dick Fosbury 通过背跃式过杆,获得了金牌,这与大家公认的跳高技术完全背道而驰,这个动作立即被命名为 Fosbury 跳高(即背跃式跳高)。Fosbury 自己都不知道他在干什么。为了做出解释,后来的生物力学专家进行了分析,对于理解这个过于复杂、有悖传统、用他们的数学模式根本无法创造出来的动作他们可是费了些功夫。背跃式跳高还需要另一个因素,这个因素是很多运动成绩提高的原因:运动器材的革新。在做背跃式跳高时,跳高运动员会落在垫子上。传统的做法是,跳高运动员落在填满锯屑的坑里。但到了 Fosbury 时代,锯屑坑被软泡沫垫所取代,这是一种理想的落地器材。

结果,大多数研究人类运动成绩的人被运动员的足智多谋和人体的力量挫伤了锐气。"一旦你研究体育运动,你就会明白这是一个令人伤脑筋的复杂问题。"印第安那大学体育心理学家 John S. Raglin 说。"核心表现不是简单的或者普通的更高、更快、更长,如此多的变量会进入这个公式,而我们的理解在很多情况下都是最基本的。我们还有很长的路要走。"在可以预见的将来,纪录将会屡创屡破。

READING PASSAGE 2

The Nature and Aims of Archaeology

词汇注释

nature *n.* 本质,性质
aim *n.* 目的,志向
archaeology *n.* 考古学
treasure *n.* 金银财宝,珍宝
analyst *n.* 分析者,善于分析者

imagination *n.* 想象,想象力,创造力
toil *v.* 苦干,辛勤劳动,辛苦从事 (at, on, through)
excavation *n.* 开凿,挖掘,发掘
Inuit *n.* 因纽特人

sewer *n.* 污水管，下水道，阴沟

painstaking *a.* 煞费苦心的，仔细的，精心的，十分小心的

interpretation *n.* 解释，说明，阐明；翻译，口译

conservation *n.* 保存，（对自然资源的）保护，避免浪费（或损坏）

heritage *n.* 继承物，遗留物，传统

loot *v.* 掠夺，抢劫

physical *a.* 身体的，肉体的

intellectual *a.* 知识的，智力的，理智的；用脑力的，需智力的

pursuit *n.* 实行，从事，职业，事务

detective *a.* （关于）侦探的

vehicle *n.* 传播媒介；（用来表达思想、情感或达到某种目的的）工具，手段；（为展露演员等的才华而）特意编写的一出戏（或一部电影、一部音乐作品等）

fiction *n.* ［总称］小说，（一部）小说

portrayal *n.* 描绘，描写，描述

quest *n.* （历时较久的）寻求，探求，调查研究

discipline *n.* 学科，科目

anthropology *n.* 人类学

responsibility *n.* 责任，指责，任务，义务

humanity *n.* 人类，［总称］人

characteristic *n.* 特性，特征，特点，特色

anthropologist *n.* 人类学者，人类学家

moral *n.* ［～s］道德，品行，道德规范，伦理学

custom *n.* 习惯，习俗，风俗，惯例

capability *n.* 能力，才能，技能，力量

refer to 提到，谈到；指称

distinguish ... from ... 区分，辨别，分清

branch *n.* （学科等的）分科

ethnography *n.* 人种志，人种论，民族志

ethnology *n.* 人种学，民族学

set out 打算，试图

ethnographic *a.* 人种学的，民族志的

contemporary *a.* 当代的

artefact *n.* 人工制品，制造物（区别于天然物）；（代表特定文化或技术发展阶段的）手工艺品

constitute *v.* 组成，构成，形成

pot *n.* 罐，壶

dwelling *n.* 住处，住宅，寓所

square *a.* 四方形的，方的

overlap *v.* 互搭，复叠

ethnoarchaeology *n.* 种族文化考古学，文化群落考古学

ethnographer *n.* 人种志（或人种论）学者，人种志（人种论）研究者，民族志研究者

specific *a.* 明确的，确切的，具体的

purpose *n.* 目的，意图

weapon *n.* 武器，兵器，凶器

settlement *n.* （人口稀少地区的）小村落，小社区，小居民点

diminish *v.* 减少，减小，缩减，降低

span *n.* 持续时间，时间阶段

conventional *a.* 普通的，常见的

historical *a.* 历史的，历史科学的

draw *v.* 划清（界限等）

distinction *n.* 区分，辨别，分清

pre-history *n.* （有文字记载以前的）史前史，（人类进化的）史前阶段，史前学

convenient *a.* 在合适时刻出现的，适合一时需要的，提供便利的

dividing *a.* 起划分（或区分、分隔）作用的

oral *a.* 口头的，口述的

humanistic *a.* 人文学科的，人文主义（者）的

differ from 相异，有区别

fundamental *a.* 基本的，根本的

in this respect 在这方面

conduct *v.* 进行，实施，经营

formulate *v.* 系统地（或确切地）阐述（或表达、说明）；构想出（计划、方法等）

hypothesis *n.* 假说，假设，前提

devise *v.* 设计，发明，策划，想出

model *n.* 假定的模型

summarise *v.* 总结，概述，概括

coherent *a.* 一致的，协调的；（话语等）条理清楚的，连贯的，前后一致的

creativity *n.* 创造性，创造力，创作能力

investigative *a.*（官方）调查的，调查研究的

ancient *a.*（尤指公元 476 年西罗马帝国灭亡以前）古代的，属于古代的

realistic *a.* 逼真的

document *v.* 用文件（或文献等）证明，为…提供文件（或证据等）

subdivide *v.* 再分，重分，把…分得更小

diet *n.* 日常饮食，日常食物，平时营养

determine *v.* 确定，查明，测定

deduce *v.* 演绎，推论，推断

domestic *a.* 家的，家庭的，家务的，家用的

valuable *a.* 有价值的，珍贵的，重要的，有用的

考题解析

* 文章抽象，难度大。

Questions 14—19 Yes/No/Not Given

14. 题干中 creativity 和 investigative 出现在文章首段第 1、2 句。

15. 定位题干 translate，原文中首段第 3 行中：But it is also the painstaking task of interpretation... 原文较泛泛，没有像题干所说的"考古学家必须能翻译古代语言"这样绝对。

16. 定位 movies。原文第 2 段第 4 行：However far from reality such portrayals are... 和题干中 reality 驳斥。

17. 定位 culture。原文第 4 段第 5 行。

18. 较难。主要理解题干中 demanding 一词的含义。demanding 在这里指"费力的，耗精力的"。文中没有在这方面对人类学和考古学进行比较。

19. 定位 3 000 BC。原文倒数第 3 段末句中：... around 3 000 BC in western Asia, and much later in most other parts of the world. 由此理解欧洲历史的文献记载应大大晚于 3 000 BC。

Questions 20－21 Multiple Choice

20. D 选项：It is subdivided for study purposes. 原文出处在第 4 段末句。注意下划线单词在原文中对应... broke down into three smaller disciplines.

21. E 选项：It studies human evolutionary patterns. 原文出处在第 5 段首句。注意下划线单词在原文中对应... how they evolved.

Questions 22－23 Multiple Choice

22. C 选项：deducing reasons for the shape of domestic buildings. 原文出处在第 7 段第 2 行：Why are some dwellings round and others square?

23. D 选项：investigating the way different cultures make and use objects. 原文出处在第 7 段第 5、6 行。

Questions 24－27 Summary

* 一定要看到题目说明：Complete the summary of the last two paragraphs of Reading Passage 2. 否则将没有头绪。

24. 定位 written records→but。原文倒数第 2 段倒数第 2 行：... the written word, but... 再看到后面的：... in no way lessens the importance... 对应 24 题空格后的 equally valuable. 即可知道答案就是 in no way lessens the importance... 后面的两个名词 information 和 oral histories 其中之一了。通过理解可以选出 oral histories，或注意到 oral 和前面的 written 并列，也可选出正确答案。

25. 注意到 25 题和 26 题要填两个名词，并且是并列结构。定位原文最后一段首句找并列结构。

26. 同 25 题。

27. 定位 compares to→that of a。原文最后一段第 6 行中：... is rather like that of the scientist...

参考译文

考古学的本质与目的

　　考古学一部分是发现历史珍宝，一部分是科学分析者细致的工作，一部分是发挥创造性的想象力。它是在中东的烈日下的辛苦挖掘，是在阿拉斯加的雪地里和活着的因纽特人一起工作，是对罗马人统治时期英国的下水道的调查。但它也是煞费苦心的解释说明，好让我们明白这些东西对人类历史意味着什么，它还是保护世界文化遗产免遭掠夺和无意伤害。

　　因此，考古学既是在野外的体力活动，又是在书房或实验室的脑力劳动。这只是它巨大魅力的一部分。由于它既充满危险，又颇具侦探性质，所以是小说家和电影制作者最完美的媒介，从 Agatha Christie 的《美索布达米亚谋杀案》到 Stephen Spielberg 的《印第安那？琼斯》。不管这种描述和现实相差有多远，它们都抓住了一个基本事实，即考古学是一种激动人心的研究——对我们自己和我们的过去的研究。

但考古学与人类学、历史之类同样和人类历史有关的学科有什么联系呢？考古学本身是一门科学吗？考古学家在当今世界背负着什么样的责任？

从最广泛的意义上来说，人类学是对人类的研究——我们作为动物的身体特征以及我们称之为文化的独特的非生物特征。从这个意义上来说，文化包括人类学家 Edward Tylor 1871 年总结的"人作为社会成员获得的知识、信仰、艺术、道德、习俗和其他任何能力和习惯"。人类学家也会从狭义上使用"文化"这个词指某个特定社会的"文化"，意指这个社会区别于其他社会的独特的非生物特征。因此人类学是一个范围极广的学科——广到通常被分为 3 个更小的学科：体质人类学、文化人类学和考古学。

体质人类学，或者也称作生物人类学，主要研究人类的生物和体质特征及其发展。文化人类学——或者社会人类学——分析人类文化和社会，它的两个分支是民族志（对现存的每一种文化做第一手研究）和民族学（通过使用民族志证据对人类社会得出一些普遍原则，对文化做出一些比较）。

考古学是"文化人类学的过去式"。文化人类学家通常把他们的结论建立在当代社区的生活体验上，而考古学家则主要通过残存的物质研究过去的社会——房屋、工具和其他人工制品，它们构成了我们所知的过去社会遗留的物质文明。

然而，今天的考古学家最重要的任务之一是知道如何用人类的语言来解释物质文明。这些罐子是如何使用的？为什么有的住处是圆的，而其它的则是方的？在这里考古学和民族志的方法是重叠的。最近几十年，考古学家发展了"种族文化考古学"，他们像民族志研究者一样住在当代社区里，但他们有一个明确目的，那就是了解这些社会如何使用物质文明——他们如何制造工具和武器，为什么在现在的地点建造村落等等。此外，考古学在资源保护领域可以发挥出积极的作用。对遗产的研究形成了一个正在发展的领域，人们意识到世界文化遗产是一种正在减少的资源，对不同的人来说有着不同的意义。

如果考古学研究的是过去，那么它和历史的区别是什么呢？从最广泛的意义上来说，就像考古学是人类学的一个方面一样，它也是历史的一部分——我们指的是从三百多万年前开始的整个人类的历史。的确，对于 99% 以上的这一大段时间来说，考古学——对过去物质文明的研究——是信息的唯一重要来源。传统的历史资料是在有了文字记录之后才开始的，那大约是公元前 3000 年的西亚，世界上其他大部分地区则要晚得多。

一般分史前史，即有文字记录出现之前的那段时期——和狭义上的历史，即用文字证据对过去进行研究。对研究所有文明和时期的考古学来说，无论有没有文字记录，历史和史前史的区别都是一条便利的分界线，它承认了书面文字的重要性，但一点也不降低口述历史中包含的有用信息的重要性。

由于考古学的目标是了解人类，所以它属于人文学科的研究，而且由于它研究人类的过去，它是一门历史学科。但它与对有文字记载的历史的研究有根本的区别。考古学家发现的东西不能直接告诉我们应该想到什么。历史记载不仅做出陈述，而且提供见解、作出判断。另一方面，考古学家发现的东西就其本身而言并不告诉我们什么。从这方面来讲，考古学家所做的工作很像科学家的工作，他们收集资料、做实验、提出假设、用更多的资料来检验假设，最后得出一个似乎最能总结从资料中观察到的模式的模型。就像科学家必须对自然世界形成一个前后一致的观点一样，考古学家必须要把过去画成一幅画。

READING PASSAGE 3

The Problem of Scarce Resources

词汇注释

impact n. 影响，作用

illusion n. 幻想，错误的观念

sustainable a.【经】能保持一定速度的，能保持在一定水平上的

allocate v. 分配，分派

apportion v. 分派，分摊，（根据计划或规定）按比例分配

distribute v. 分发，分配，分送

disability n. 残疾，伤残

treatment n. 治疗，疗法，疗程

priority n. 优先，重点；优先权

in respect of 关于，至于，就…而言，在…方面

cost-effective a. 有成本效益的，值得花费的，合算的，划算的

outlook n. 观点，看法

finitude n. 有限，限定，限度

clientele n.［总称］顾客，主顾

emerge v.（问题、困难等）发生，显露；（事实、意见等）暴露，被知晓

awareness n. 意识

provision n. 供应，提供

fossil fuel n. 矿物燃料

finite a. 有限的

exhaustible a. 会用完的，可耗尽的，会枯竭的

capacity n.（做某事的）能力，资格，力量

environment n. 生态环境，自然环境

sustain v. 保持，使（声音、努力等）持续不息；支撑，承受（压力或重量）

obvious a. 显然的，明显的，无疑的

consciousness n. 意识，观念，觉悟

revelation n. 揭示，揭露，暴露，透露，展现，显示

incredible a. 难以置信的，不可思议的

immediately ad. 紧接地

assume v. 假定，假设，想当然地认

为，臆断

in principle 原则上，基本上，大体上；在理论上

invisible *a.* 看不见的，视力外的；无形的；隐匿的

realisation *n.* 理解，认知，认识

character *n.* （事物的）性质，特性，特色

sink in 被理会，被理解

contrary *a.* 相反的，对抗的

legal *a.* 法律（上）的，属于法律范围的

institution *n.* 制度；制定

fundamental *a.* 基本的，根本的

facility *n.* ［常作 facilities］设备，设施，工具

autonomous *a.* 自治的，有自治权的，独立自主的

be in a position to do sth. （由于客观或主观条件）可（能）做某事

liberty *n.* （行动、言论、选择等的）自由，（政治上的）独立自主

self-determining *a.* 有自决力的，能自主的

poverty-stricken *a.* 贫穷的，穷困的，贫乏的

deprive *v.* 夺去，剥夺，使丧失

context *n.* （人、事、物存在于其中的）各种有关情况，来龙去脉，背景，环境

autonomy *n.* 人身自由，自由，自主权，意志自由；自治，自治权

confusion *n.* 辨别不清，混淆

resistance *n.* 反抗，抵制，抗拒，阻力

formal *a.* 形式（上）的，表面的，徒有其表；正式的

generate *v.* 造成，引起，导致，使存在

obligation *n.* （法律上或道义上的）义务，责任

duty *n.* 责任，本分，义务

adequate *a.* 能满足需要（量）的，足够的

purse *n.* 资金，财力，财源

recognise *v.* 承认，确认，认可

private *a.* 私人（用）的，私有的，个人的

declaration *n.* 宣言，公告，声明（书）

attainable *a.* 可以达到的，可以获得的

distinction *n.* 区分，辨别，分清

remark *v.* 说，评论说

liberal *a.* 自由主义的

indispensable *a.* 必不可少的，必需的

distribution *n.* 分发，分配，分送

stem from 起源于，基于，由…造成

dramatic *a.* 引人注目的，给人深刻印象的，突然的

accompany *v.* 伴随，和…一起发生（或存在）

demographic *a.* 人口的，人口统计的，人口学的

elderly *a.* 较老的，过了中年的，近老年的（用于人时常带有尊敬意）

major *a.* （数量、大小、程度等）较大的，较多的，较大范围的

consumer *n.* 消费者，顾客，用户

predict *v.* 预言，预料，预计，预报

proportion *n.* 比例，比

current *a.* 现时的，当前的，进行中的

figure *n.* 数字

as a consequence 因此，结果

doomsday *n.* 【宗】最后审判日，世界

末日

scenario *n.* 设想，方案

analogous *a.* 相似的，类似的，可比拟的

similar *a.* 相像的，相仿的，类似的

extrapolation *n.* 推断，推知

project *v.* 提出，阐释

administrator *n.* 管理人，行政官员

ever-rising *a.* 不断增长的

match *v.* 使相称，使相配

static *a.* 静止的，停滞的，稳定的，不变的

acceptance *n.* 赞同；接受；承认；相信

guarantee *v.* 确保

link *v.* 连接起来，联系在一起

evident *a.* 明显地，显然

have an impact on 对…有影响

underestimate *v.* 对…估价过低，对…估计不足，低估

考题解析

Questions 28－31 List of Headings

28. Section A 中第 2 句：Every health system in an economically developed society... 对应选项。

29. 注意到第 1 个 heading 中的 other human rights。Section C 中第 3 行：... that people have a basic right to... Like education, political and legal...

30. Section D 中第 4 行：It is also accepted that this right generates an obligation or duty for the state to ensure that ... The state has no obligation to ... but to ensure（the state 的作用）...

31. Section E 第 3 行：The second set of more specific changes that have led to the present concern about...

Questions 32－35 Matching

* 要迅速解题需要先观察到文中年代出现的地方，最好作出标记：Section B 出现了 1950s，1960s，1939－45，Section D 出现了 1976，Section E 出现了 1960，1980s。

32. Section B 中第 9 行：The new consciousness that there ere also severe limits to health-care... 是 in the 1950s and 1960s 时候的事。

33. Section E 中第 1 段后面部分数字增长：from 3. 8％ of GDP in 1960 to 7％ of GDP in 1980。

34. Section B 中最后一句。注意 in the years immediately after the 1939－45 World War... 的表达。下划线中 the years 指的就是 1945 年世界大战结束后的几年，是属于 A 选项：between 1945 and 1950。

35. 注意题干中 the role of the state 的表达与地 30 题选出的 heading 相似，所以该题直接定位到 Section D 中，而 Section D 中只有 1970s 和 1976 的时间表达，轻松判断 B 选项。

Questions 36 — 40 Yes/No/Not Given

36. 定位词 liberty and independence。Section C 中最后 3 行已经提到，驳斥题干中 never 一词。

37. 定位词 the same time，比较时间。Section C 首句。

38. 定位词 OEDC，population。Section E 第 6 行，中 demographic 对应 population。

39. 定位词 OEDC，underestimated。Section E 中在 OECD 出现的附近没有看到 underestimated（政府低估）的说法。

40. 题干较难理解，解题很简单。注意题干中 make special provision 的表达，意思 是"做特殊的准备"。题干其实暗示：社会的医疗保健资源不充分，老人们自 己需要在医疗上做一些特殊的准备，比如自己买个保险什么的。定位词 elder- ly。原文 Section E 中第 7 行说："这些变化意味着老年人是现在卫生资源的主 要（而且相对而言非常昂贵的）消费者。"没有提到 special provision。

参考译文

资源匮乏问题

Section A　保健资源应该如何分配，从而达到最公正、最有效的分配，这个问 题并不新鲜。经济发达的社会里每个保健系统都面临着需要决定 （正式或非正式地）社会总体资源用在保健事业上的比例应该是多 少；资源如何分配；哪些疾病、残疾以及哪种治疗应该给予优先考 虑；就保健方面来说，哪些社会成员应该给予特殊考虑；哪种治疗 是最合算的。

Section B　新鲜之处在于从 20 世纪 50 年代起，关于保健资源的享用者和这些 资源的社会成本，人们的看法发生了一些具体的改变之外，同时， 对总体资源的有限性、尤其是保健资源的有限性，人们的看法也发 生了某些总的变化。因此，在 20 世纪 50 年代和 60 年代，西方社会 开始意识到提供矿物燃料能量的资源是有限的而且有可能枯竭的， 而且大自然或环境承受经济发展和人口的能力也是有限的。换句话 说，我们开始意识到一个显而易见的事实，那就是"发展是有限 的"。保健资源也有严格的限度这种新的意识是对显而易见的事实普 遍发现的一部分。回顾过去，现在想想似乎很不可思议，1939— 1945 年世界大战之后，在很多国家出现的国家保健系统里，人们毫 不怀疑地认为任何社会所有基本保健需要都能得到满足，至少从理 论上来说是这样的；经济发展的"无形之手"会提供这个方便。

Section C   然而，几乎就在保健资源是有限的这个新认识刚刚被理解的同时，
一种相反的观点也在西方社会逐渐形成：保健是人们的基本权利，
是人类生活的一个必要条件。像教育、政治和法律程序及制度、公
共秩序、通讯、交通和资金的提供一样，保健开始被看作是人们作
为独立自主的人行使其它权利必要的基本社会设施之一。如果人们
穷困潦倒、或者被剥夺了基础教育的权利、或者没有生活在法律和
秩序的环境之中，人们就不可能有个人自由，也不可能独立自主。
同样，基础保健是独立自主的一个条件。

Section D   尽管"权利"这个词有时候会引起混淆，但到了 20 世纪 80 年代末，
大多数社会都承认人们有享受保健的权利（尽管在美国有相当多的
人反对有正式的保健权这个概念）。大家同时也同意，这种权利也对
政府产生义务和责任，确保用大家的钱包提供足够的保健资源。政
府本身没有义务提供保健系统，但要确保能提供一个这样的系统。
换句话说，基础保健现在被认为是"公共商品"，而不是希望人们为
自己购买的"私人商品"。正如世界卫生组织在 1976 年的宣言中写
道："享受能实现的最高标准的健康是每个人的基本权利之一，不分
种族、宗教、政治信仰、经济或社会条件。"就像刚才所说的，在一
个自由社会，基本健康被看作是行使个人自主权利必不可少的条件
之一。

Section E   就在保健资源明显可能供不应求之时，人们提出了国家满足他们基
本保健权利的要求。导致人们如今关注保健资源分配问题的第二组
更加具体的变化是因为经济合作与发展组织的大多数国家健康消费
的急剧上升造成的，此外还有大规模的人口和社会变化，这些变化
意味着，举个例子说，老年人是现在保健资源的主要（而且相对而言
是非常昂贵的）消费者。因此，从整体来看，经济合作与发展组织
国家的保健费用从 1960 年占国内生产总值的 3．8% 增加到了 1980
年的 7%，据预计，保健费用占国内生产总值的比例将继续上升。
（在美国，当前的数字是国内生产总值的 12%，而澳大利亚占国内
生产总值的 7．8%。）

　　　　因此，在 20 世纪 80 年代，卫生官员、经济学家和政治家提出
了一种世界末日方案（类似于关于能量需要、矿物燃料或者人口增
长的世界末日的推断）。在这个方案中，他们把不断增长的保健花费
与不变的或者正在减少的资源进行了对比。

WRITING

WRITING TASK 1

This model has been prepared by an examiner as an example of a very good answer.

These graphs represent the travel patterns of UK residents and their choice of country in 1999, the number of UK citizens traveling and the number of foreign visitors to the UK from 1979 to 1999.

The first graph indicates that the number of UK citizens traveling rose gradually from 12 million in 1979 to 20 million in 1984 and increased steadily from 20 million to 53 million from 1985 to 1999. It also indicates that the number of overseas visitors to the UK rose from 10 million in 1979 to 12 million in late 1985 and slowly increased from 12 million to 26 million in 1999. However, the number of overseas visitors traveling to the UK was approximately half the number of UK residents traveling abroad.

The second graph suggests that the countries preferred by UK travelers in 1999 were France and Spain at 11.5 million and just fewer than 10 million respectively, both close to Britain. The USA, Greece and Turkey were 3rd, 4th, and 5th with fewer than 4 million UK travelers.

(173 words)

参考译文

这些图表显示1999年英国居民的旅游情况和他们对旅游国的选择、1979年至1999年英国公民的旅游人数和到英国的外国游客的人数。

第一幅图表表明英国公民的旅游人数从1979年的1200万逐渐上升到1984年的2000万,1985年至1999年从2000万平稳上升到5300万。从图表中还可以看出,去英国旅游的海外游客从1979年的1000万增加到1985年下半年的1200万,然后从1200万慢慢增加到1999年的2600万。但是,到英国旅游的海外游客大约只是去国外旅游的英国公民人数的一半。

第二幅图表说明 1999 年英国游客喜欢去的国家是法国和西班牙，分别是 1150 万和差不多 1000 万，这两个数字都接近想在英国旅行的人数。美国、希腊、土耳其分别排第三、第四、第五位，去这些地方的英国游客都不到 400 万。

WRITING TASK 2

这是考官准备的一篇优秀范文（原文在《剑桥雅思 4》第 169 页），请注意答案可以千变万化，下面只是其中之一。

学生的不良行为似乎已经成为越来越普遍的一个问题。我认为，现代生活方式可能是引起这一问题的原因。

在很多国家，人口出生率都在下降，这样，孩子少了，家庭也变小了。这些孩子常常被父母宠坏，原因不在父母的关心和爱护方面，因为有工作的父母没有时间关爱孩子，而更多是在物质方面。父母们不计代价，孩子们要什么就给什么，还允许他们想怎么做就怎么做。这意味着孩子在成长过程中从不为他人着想，也不明白他们的幸福生活来自何处。

当他们长到上学年龄，还没学会自我控制或自律。他们不尊重老师，也不像父母那样遵守学校的规章制度。

老师们经常为这一问题而抱怨，必须采取措施改变这一局面。但是，我认为，问题的解决办法在于家庭，父母需要更加清楚宠惯孩子的后果。如果他们能把孩子培养成为体贴他人、善于交往、有责任心的人，这对整个社会都会极为有益。

也许需要开设家长课堂，以帮助他们来完成这一使命。还应该开办高质量的幼儿园，以便在培养下一代方面为父母提供更多的帮助。政府应该为此提供相应的资金支持，因为这不再是单个家庭，而是整个社会的问题。

SPEAKING

Band 9 Speaking Test Scripts

E: = Examiner   C: = Candidate

PART 1

E: What place do you most like to visit?

C: I like to visit small parks where there are not too many people. I hate noisy amusement parks full of people. I like to be able to sit quietly and read or just sit and day dream. I find it very refreshing.

E: How often do you visit this place?

C: I visit as often as I can which is not that often these days. If I'm not working, I'm often running errands for my grandparents. But, when I can, I go.

E: Why do you like it so much?

C: I like it because it's quiet and you can travel to many other great places in your mind. I love daydreaming when I get the chance.

E: Is it popular with many other people?

C: Not where I go. If it were I wouldn't go. Like I said, I don't like noisy places with too many people.

E: Has it changed very much since you first went there? (In what way?)

C: No it hasn't changed much. They have added a few trees and cleaned up the pond, but for the most part it remains unchanged and I hope it continues that way.

PART 2

E: Describe a useful website you have visited.

C: I often visit MSN's Encarta online. It has an encyclopedia, dictionary, thesaurus, multimedia collection, and homework tools. It's very useful when you need to look something up in a hurry. You can type in your search criteria and in seconds you will have the information you need, whatever it may be. If you happen to use Hotmail, you can access your e-mail directly from their site. You can hook up to a chat line. Encarta also has something called the top ten. It is a list of archives where you can find information about almost anything. For example, it lists the top ten national parks in the world and so on. You can go shopping and read the Princeton Review. You can find pretty much anything you want there. A friend of mine actually recommended it when I was learning English as a resource several years ago and I've continued to use it. There are sections on new careers, games, on-line University courses and host of other things. Of course I visit many websites in a day, but this was the first English site I was introduced to and quite frankly it's more useful and cheaper than going out and buying a bunch of books.

PART 3

E: What effect has the Internet had on the way people generally communicate with each other?

C: People communicate far more frequently now than they did before. Now you can type out an e-mail and know that it will probably arrive anywhere from a minute to fifteen minutes later at any destination in the world. It is much easier and less expensive than posting letters. In fact, I can't remember the last time I handwrote a letter to anyone. I rarely do that unless the circumstances warrant it, like for a really private letter, because the Internet is not all that secure yet.

E: Why do you think the Internet is being used more and more for communications?

C: Because of it's speed and efficiency. Security is becoming better, but you still have to be careful, especially in business. It's important not to download stuff from sites that you are not familiar with

E: How reliable do you think information from the Internet is? Why? What about the news on the Internet?

C: It's as reliable as any other information depending on the site you go to. If you want garbage, you can always find it. If you want good solid information, you can find that, too. Of course you always have to verify everything before you can rely on it, but in general it's as reliable as newspapers and television. Like I said before, there is a lot of garbage on the Internet, you just have to know how to weed it out.

E: Why do you think some people use the Internet for shopping? Why doesn't everyone use it in this way?

C: Maybe some people are just too lazy to get up and go out to buy things. On the other hand, some items come from overseas and it is much more convenient and cheaper to order online than to fly to the US to buy a book. The reason everyone doesn't use it is that we don't all have credit cards. That's the only drawback. You need a credit card.

E: What kinds of things are there to buy and sell online? Can you give me some examples?

C: You can buy almost anything you want online. Most large retail stores and smaller specialty shops have web sites and online order forms. Take Amazon. com for example. You can buy any book you can think of from them. If they don't have it, they will find it. You can buy cars online. You name it and you can probably get it. You can even do online banking now.

E: Do you think shopping on the Internet will be more or less popular in the future? Why?

C: I think that in the future the Internet will evolve and become even more popular as an add-on to your home entertainment centre. All you will have to do to buy groceries or whatever else you want, will be to click on touch sensitive screens on your television and an hour or so later everything will be delivered to your house. I believe that this is happening in some countries already. It's called interactive television. It's a great idea, but I personally don't think I would use it. I like to get out and see what's going on and talk to people in the store or whatever.

General Training：Reading and Writing Test A

READING

SECTION 1

Questions 1－5

词汇注释

surroundings *n.* 周围的事物，环境

deliver *v.* 分送，投递

extra *a.* 额外的，外加的

authentic *a.* 真正的；可信的

Thailand 泰国

acre *n.* 英亩

scenic *a.* 自然景色的，风景优美的

license *v.* 批准、许可（从事某行业或活动）；licensed 特许的，领有许可证的

bar *n.* 酒吧间

luxury *a.* 豪华的，奢侈的

landscape *n.*（陆上）景色，（陆上）风景

cuisine *n.* 烹饪（术），菜肴，饭菜

classic *a.* 第一流的，上等的

burger *n.* 汉堡包，牛肉饼

steak *n.* 牛排，牛肉饼

chips *n.* 油炸土豆条

vegetarian *n.* 素食者

menu *n.* 菜单；（端上来的）饭菜，菜肴

takeaway *a.*（餐馆等）供应外卖食物的，（饭食等）供外卖的；*n.* 外卖餐馆

express *n.* 快递，特快货运

radius *n.* 半径，半径距离，半径范围

hygiene *n.* 卫生

delicious *a.* 美味的，好吃的

anniversary *n.* 周年纪念，周年纪念日；结婚周年（日）

snack *n.* 快餐，小吃

light meals 清淡的饭菜

informal *a.* 非正式的，随便的

premier *a.* 首位的，首要的；最早的

chef *n.* 厨师长，厨师

ultra－modern *a.* 超现代化的；超时髦的；最新式的

ample *a.* 宽敞的；足够的

speciality *n.* 特制品，特色菜

考题解析

Questions 1－5 Matching

1. 定位 can't, Monday evening。B 中最后两行。

2. 定位 peaceful country surroundings。A 中：40 acres of scenic woodland, outside dining area, beautiful landscaped gardens。

3. 定位 Sunday night。

4. 定位 delivered，an extra fee。

5. 定位 dinner，stay the night。A 中 hotel，accommodation。

参考译文

A

真正的泰国风味

CHANGTOM

泰国饭店（餐饮、住宿）

中午 12 点至 3 点

下午 6 点至晚上 12 点（星期天除外）

• 坐落在风景秀丽的林区，占地 40 英亩

• 可户外就餐

• 用料保证新鲜

• 可用信用卡结账

• 可容纳 50 人就餐

• 酒吧可出售酒类

• 可租用小型会议室

• 拥有豪华套房

• 停车方便

• 可眺望风景如画的花园

饭菜质量上乘、服务一流

B

杰克饭店

传统的美国饭店

适宜家庭聚餐或其他特殊聚会

• 优选美国上等汉堡、牛排

• 供应鱼片和薯条，还有特为素食者和孩子们准备的饭菜

• 酒吧准许出售酒类

• 欢迎婚庆及聚会订餐

• 提供外卖服务

营业时间：

中午：星期二—星期六

晚上：星期三—星期六

C

莫卧儿菜快递

印度菜外卖

在家里尽情享受印度美食

每天开放，公共假日照常营业

停车方便

提供在 4 英里范围内的订餐递送服务，只收少量服务费

D

玛丽娜饭店

全天开放

以当地价格享受世界美味佳肴

新鲜自制菜的花样不断翻新，只选当地上乘原料

※ 商务聚餐 ※纪念日和婚礼庆典 ※所有有特别意义的宴会

电话：诺里奇 420988/588980
连续两年荣获英国外卖及卫生、质量
一等奖

快餐及清淡食物，午饭和晚饭，酒吧
可出售酒类，葡萄酒种类齐全
玛丽娜饭店富丽豪华，环境轻松惬意
欢迎品尝诺里奇一流饭店的美味佳肴
周一至周六，全天开放
对面有大型带摄像监控的停车场

E

北京饭店

饭店兼外卖

本店中国菜美味可口，质量上乘，名厨主灶，厨房设备独特、超现代

外卖免费递送，停车场宽敞

欢迎电话订餐

欢迎垂询我店名师特色菜

	中午	晚上
星期日	不营业	下午 5：00—晚上 11：00
星期一	不营业	下午 5：00—晚上 11：30
星期二	不营业	下午 5：00—晚上 11：30
星期三	不营业	下午 5：00—晚上 11：30
星期四	不营业	下午 5：00—晚上 11：30
星期五	不营业	下午 5：00—午夜
星期六	不营业	下午 5：00—午夜

诺里奇 (01603) 571122

诺里奇女王大街 40 号

Questions 6 — 14

词汇注释

gear *v.* 调整，(使) 适合；换档

atmosphere *n.* 气氛；大气；空气

unthreatening *a.* 没有胁迫的，没有危险的

confidence *n.* 信心

initially *ad.* 最初，开头

apprehensive *a.* 忧虑的，担心的，恐惧的；有理解力的

samba *n.* 桑巴舞；桑巴舞曲

percussion *n.* 打击乐器

workshop *n.* 研习会，讨论会；车间，工场

carnival *n.* （定期的文艺或体育等）表演会，（吃喝、化妆舞会之类的）狂欢作乐，欢宴；狂欢节

exotic *a.* 异国情调的；外来的；奇异的

rhythm *n.* 节奏，韵律

story-telling *n. a.* 讲故事（的）；说谎（的）

narration *n.* 讲述；故事，（一篇）叙述

poetry *n.* ［总称］诗，诗歌；韵文；诗集

proverb *n.* 谚语

Scottish *a.* 苏格兰的，苏格兰人的

essential *a.* 基本的，不可缺少的；本质的

enthusiasm *n.* 热心，热情，激情

guarantee *v.* 保证；担保

choir *n.* 合唱团；（教堂的）唱诗班

rehearse *v.* 排练；排演

audience *n.* 听众，观众

participation *n.* 参与；分享

sight-read *v.* 即兴演奏乐曲；即兴演唱歌曲

choral *a.* 合唱的；合唱队的；唱诗班的

desirable *n.* 可取的，有利的；值得向往的

intensive *n.* 集中的；加强的；密集的；

shade *n.* 阴影；（图画等的）阴暗部分

emotion *n.* 感情；情感

maximum *n.* 最高的；最多的；最大极限的

relevant *a.* 有关的，相应的

cheer *v.* 使…快乐或振奋

guidance *n.* 指导，指引

overcome *v.* 战胜，克服

考题解析

Questions 6 — 14 Matching

6. C 中最后一句。

7. D 中最后一句。

8. B 中 Lift your spirits.

9. B 中最后一行：An event for all the family.

10. E 中 instruction, maximum attention for each student.

11. D 中 we are rehearing for a special concert with audience participation...

12. A 中 developing the confidence.

13. B 中 you'; be creating complex exotic rhythms in no time.

14. D 中 7：30—9：30 pm。

参考译文

A 里士满实验剧院

表演课程讲授全面的表演技巧。本课程尤其适合几乎没有或根本没有表演经验的学员。这里教学环境轻松自然；对最初有点胆小顾虑的人，重点培养他们的

信心和能力。

B 世界文化日

巴西街头打击乐演奏

2:30—4:30

桑巴舞曲打击乐演奏学习班会令你情绪激昂、尽情狂欢。不管你是资深的音乐家，还是完全的初学者，这都无所谓，很快你就会创作出有异国情调的复杂旋律。

来自非洲的故事

3:45 — 4:45

以叙事体、诗歌和谚语的方式讲故事（主要来自加纳和尼日利亚）。这一传统充满神奇色彩，适宜全家人一起参加。

C 苏格兰舞蹈

有趣

很好的一种锻炼方式

· 设有适合不同程度的舞蹈者的学习班
· 以前有无舞蹈经历并不重要
· 你只需带来一双舞鞋和你的热情
· 可以在众多不同时间和地点报名上课
· 保证为你们提供热情的服务

D 文艺复兴歌手

特邀新歌手加盟我们合唱队，到剑桥演奏各类音乐。合唱队成立于 1993 年。我们每周三晚七点半到九点半聚会。本学期我们将在 11 月 1 日（星期六）排演一场有观众参与的特别音乐会。

能够即兴演唱和以前有过合唱经历的人可优先考虑，但这并非绝对条件。

E 水彩画

初学者的集中培训班

10 月 13 日（周六）至 14 日（周日）

本水彩画辅导教学方法独特、高效。教学内容包括学习用颜料体现光与影，表达心情与感情。

小班教学（12 人）能保证给每个同学最大的关注。我们采用专业水平的学习材料，学费 95 英镑中包括此费用。

SECTION 2

Student Life at Canterbury College

词汇注释

atmosphere *n.* 周围情况，环境，气氛

environment *n.* 环境，周围环境

relationship *n.* 关系；联系

mutual *a.* 互相的；彼此的

respect *n.* 尊敬，尊重

tutor *n.* 导师，辅导教师

accessible *a.* 可以达到的，容易取得的

opportunity *n.* 机会，时机

Students' Union *n.* 学生会

automatically *ad.* 自动地；机械地

executive committee 执行委员会

elect *v.* 选举，推选

continuity *n.* 连续性，连贯性

academic *a.* 学院的，大学的；学会的，（学术、文艺）协会的；教学的；学术的

representative *n.* 代表 *a.* 典型的，有代表性的

affair *n.* [常用复] 事务，事态；事情

internally *ad.* 内部地；在内部

academic board 学术委员会

sub-committee *n.* 委员会的附属委员会，小组委员会

entertainment *n.* 娱乐活动，文娱节目；娱乐，消遣

coursework 课程作业

ample *a.* 宽敞的；足够的

journal *n.* 杂志，刊物

cassette *n.* 盒式录音带；录音带盒

loan *n.* 暂借；暂借的东西；贷款

via *prep.* 经过，经由，取道；以…作媒介，通过

situate *v.* 使位于，使处于

variety *n.* 种种，各类；变化；多样性

word processing 文字处理

desktop *n.* [计] 桌面；台式电脑

stationery *n.* 文具；信笺

subsidy *n.* 津贴，补贴，补助金

reserve 预订，预约

refectory *n.* （修道院、学校等中的）餐厅，食堂

refreshment *n.* [~s] 茶点，点心；便餐；饮料

option *n.* 选择；选择权；选择自由；可选择的东西，任选项

normal *a.* 正常的；正规的；平常的；通常的

snack *n.* 小吃；快餐

cuisine *n.* 烹饪，烹饪术；菜肴，饭菜

modest *a.* 适度的，适中的

allocate *v.* 分派，分配

placement *n.* 工作安排，（人员的）安插

staff *n.* 全体职员，全体教员，全体雇员

nursery *n.* 托儿所

考题解析

Questions 15－20

15. 第 4 段中... many students have the opportunity of visiting and working in a European country...

16. Students' Union and SRC 部分中:... an Executive Committee elected by students in the Autumn Term. The president is elected every Summer Term...

17. Learning Resources Centre (LRC) 部分中没有提到 staff。

18. 较难，易误选 NG。Children's Centre 部分中 Places are limited，so，if your are interested，apply early to reserve a place...

19. Refectory 部分中没有提到 fast-food。

20. 最后一段没有提到 for students only。

参考译文

坎特伯雷学院的学生生活

坎特伯雷学院一周只上四天课，留出一天独立学习。

整个学院有一种成人教育的环境，提倡学生和导师之间的互相尊重。

坎特伯雷是个学生城，有几所继续教育和高等教育学院。从坎特伯雷学院到市中心步行只需五分钟，午饭或课余的休息时间去那里很方便。

多年来，坎特伯雷学院已经与世界很多地方建立了稳定的联系。因此，许多学生在学习期间都有机会到某个欧洲国家参观和工作。

学生会和学生代表委员会

所有学生都自动成为坎特伯雷学院学生会的成员，可以参加其会议。学生会活动很多，由学生在秋季学期选出的执行委员会负责管理。主席在每个夏季学期选出，连任到下一学年。每个学科的代表组成学生代表委员会，它允许每个学生在学生会的事务中都有发言权。坎特伯雷学院学生会在校内的学术委员会中代表学生的利益，拥有学院公司的一个下属委员会，此外，它属于代表全国学生利益的全国学生联合会。学生会还安排、资助一些娱乐活动、体育活动和旅游。

学校设施

学习资料中心

在凯利学习资料中心很容易查到各种文字和音像学习资料，它们能帮助学生完成课程作业。这里既有宽敞的房间，适合安静地自习；又有地方进行小组活动。

这里提供的资源包括书、杂志、音像带和CD光盘。通过英国图书馆可以在当地和全国范围内进行馆际借阅。所有学生都可利用位于一楼的开放取阅信息技术中心，它拥有各种各样的计算、文字处理和桌面出版软件。

书店
校园里有一家水石书店的连锁店，那里你可以买到各式各样的文具、绘画用具、艺术材料和书籍以及很多其他所需用品。

托儿所
有小孩的学生还可以把自己五岁以下的孩子送进学院的托儿所，有的还可以得到补贴。但名额有限，所以如果感兴趣，请尽早拨打学院电话，与琳达·贝克联系，申请预订。

餐厅
餐厅在 8:30 — 19:00 间提供一日三餐，除了热饭菜，还有茶点及饮料等。有健康饮食供您选择。

咖啡吧
咖啡吧在大学正常的工作时间都会开放，提供清淡快餐和饮料。咖啡吧的收入交给学生会。

地下餐厅
这是一家培训餐厅，这里饭菜可口，环境幽雅，价格合理。餐厅的开放日，欢迎你品尝技艺高超的学生们做的饭菜。订餐电话：01227511244

看得见小教堂的饭店
这也是一家培训饭店，创建它是为了提供快速服务，这里提供各种快餐和主菜，而且价格适中。

CANTERBURY COLLEGE
LIST OF COURSES

词汇注释
media *n.* 媒体

pursue *v.* 追求；追随；进行，从事

potential *n.* 潜能，潜力

adaptability *n.* 适应性，顺应性

thorough a. 彻底的，完全的；详尽的，透彻的

grounding n. 基础；根基

comprehensive a. 广泛的，全面的，综合的

workload n. 劳动负荷（量），工作负荷（量）

progression n. 前进，进步，发展

maintain v. 保持；维持；继续

salon（营业性的）厅，院，室，店；沙龙；客厅

duty n. 职责，职能；责任，义务

facial a. 面部的

massage n. 按摩（术）

make-up n. 化妆品；化妆

lash n. 睫毛

brow n. 额；[常用复数]眉，眉毛

artificial a. 人工的，人造的

nail n. 指甲

pierce v. 刺入，刺；穿孔于

leisure n. 空闲，闲暇；安逸

physical a. 身体的；物质的

participant n. 参与者，参加者

colleague n. 同事，同僚

handle v. 运用；操纵；管理；处理

issue n. 问题，难题

foundation n 基础；根据

career n 职业；事业，生涯

elderly a. 上了年纪的；老年的

core n. 中心；核心

numeracy n. 识数，计算能力

graphic a. 书写的；书法的；绘画的；图形的；用图表示的

visual a. 视觉的，视力的

composition n. 结构；构图；组织，织成；作文，乐曲

photographic a. 摄影的；照片的

alongside prep. 和... 在一起；在... 旁边

hands-on a. 实习的；亲身实践的

presentation n. 介绍；陈述、描述；赠送；表达；呈现；展示

urban a. 城市的，有关城市的，或居住在城市的

property n. 性质，特性；财产，所有物，所有权，

vocational a. 职业（上）的；业务的

assignment n. 分配，分派，指定；任务；课题，作业

integrate v. 使结合（with）；使并入（into）；使一体化，使完全，使成一整体

reputable a. 著名的；名气好的

qualification n. 合格证明 [证书]，资格证明书；资格

employment n. 职业，工作；雇用

spreadsheet n. 电子表格

database n. 数据库，资料库

confidence n. 信心

appearance n. 外表，外貌

recommend v. 推荐；介绍

advertising n. 广告业；广告；总称，a. 广告的总称

architecture n. 建筑；建筑学

the disabled n. 残疾人

secretarial a. 秘书的；秘书工作的；书记的

beauty therapy n. 美容院

考题解析

Questions 21－27 Matching

21. COURSE F 中：visual communication skills, picture composition, photographic processing...

22. COURSE A 中：performing arts, media

23. COURSE G 中：construction industry, Urban Environment, Materials

24. COURSE B 中：business, manage a heavy workload...

25. COURSE E 中：people with special needs.

26. COURSE H 中：office work, word processing, personal appearance...

27. COURSE C 中：salon, facial massage, skin care...

参考译文

坎特伯雷学院课程介绍

课程 A

本课程可以使学生们初步接触表演艺术和媒体。学生们有机会亲身经历，然后再决定是否希望在这一领域继续发展自己的兴趣，开发自己的潜力，提高适应性，从而在演艺公司做演员或技术工作。

课程 B

本课程旨在为学习商业有关的技巧和商务综合知识打下全面的基础。它为有过商业学习背景的学生而设计，他们能承受繁重的课业负担，其中包括进行较高水平的学术研究。

课程 C

本课程可使你全面提高水平。内容包括遵守职业标准，美容厅管理职责，还包括如何进行面部按摩、皮肤保养，如何化妆，如何修睫毛和眉毛，以及指甲美容和耳朵穿孔。

课程 D

设计此课程是为了提高休闲娱乐管理所需技能。它包括如何准备和进行体育活动，场地保养，与参与者和同事建立良好关系，操作、管理体育器材以及健康和安全问题。

课程 E

本课程为将来从事照顾儿童、老人和有特殊需求的人的工作奠定基础。它的核心内容是计算基础、交流、信息技术。工作实习是本课程的重要环节。

课程 F

本课程讲授图像和视觉通信技术的基础知识。学生们将学习图片结构分析、图像处理，图形设计因素，而且还可亲自进行桌面出版和演示。

课程 G

此课程简要介绍建筑业。讲授内容包括《热、光和声音》，《城市环境介绍》，《通讯过程和技术》和《材料的特性》。所有学生都可在知名大公司实习，并结合此工作经历写出实习报告。

课程 H

学完这门课后拿到的证书和学到的技能会为你找到一份办公室的工作打下良好基础。除了文字处理，本课程还讲授电子表格的制作，电算会计，数据库和桌面出版。所有学生都有机会发展自己的潜能，还可以得到有关找工作、面试技巧和个人外表方面的建议和信息。

SECTION 3

The History of Early Cinema

词汇注释

major *a.* 重大的；主要的；较多的；

unparalleled *a.* 无比的；空前的；（种类或质量方面）独一无二的

expansion *n.* 扩展，扩张；伸展，延长，发展

a handful of 一把；少数，少量

medium *n.* 传媒；新闻媒介

audience *n.* 听众，观众

entertainment *n.* 娱乐；消遣，乐趣；娱乐活动

finish up with 最后有...；以...告终

palace *n.* 宫，宫殿；宏伟的建筑物，华丽的娱乐场所

rival *v.* 与…竞争；与…相匹敌竞争

occasionally *ad.* 有时候，偶尔

supersede *v.* 代替；取代；占先于；接替

opera-house *n.* 歌剧院

opulence *n.* 富裕；豪华

splendour *n.* 光彩，壮丽，显赫，杰出

attraction *n.* 吸引，吸引力，吸引人的事物

a couple of 两个；几个

full-length feature 长片

dominate *v.* 支配，占优势；占支配地位

pioneer *n.* 开辟者；先锋，先驱；提倡者；创始人

credit *v.* 信任；归（功于某人）（to）；赞颂（with）；credit sb. with 认为某人［某事］具有…；认为某人［某事］能够…；把…归因于某人［某事］

exploitation *n.* （资源等的）开采；（为人物、影片、产品等所作的）宣传、广告

passionate *a.* 热情的，热烈的

exporter *n.* 出口商；输出者

artistic *a.* 艺术的；美术的

to take the lead *v.* 为首，带头

to play a part 扮演一个角色；参与，在…中起作用

remain *v.* 继续存在；保持

pursue *v.* 进行，从事；实行，推行；继续

vigorous *a.* 有力的，强劲的

dominant *a.* 支配的，统治的，占优势的；最有力的，有权威的

Hollywood 好莱坞（位于美国加利福尼亚洛杉矶城的西北），美国电影业

studio *n.* 画室，照相室，工作室，（无线电或电视节目的）演播室，（制作电影的）摄影棚，（电影公司的）摄影场

flood *v.* 淹没；（洪水般地）涌进，涌满；充满

competitive *a.* 竞争的，竞赛的；经得起竞争的

feature film 正片，故事片

spectacular *a.* 引人注目的，壮观的；引人入胜的，轰动一时的

collapse *v.* 倒塌，崩溃，瓦解

Scandinavia 斯堪的纳维亚（半岛）（瑞典、挪威、丹麦、冰岛的泛称）

Swedish *n.* 瑞典人，瑞典语 *a.* 瑞典的

glory *v.* 辉煌；繁荣，昌盛；光荣，荣誉

notably *ad.* 引人注目地，显著地；尤其；特别

epic *n.* 史诗 *a.* 史诗的

comedy *n.* 喜剧；喜剧性事件；喜剧作品；喜剧因素

capable *a.* 有能力的，能干的，有可能的，可以…的

commercial *a.* 商业的；商品化的；商用的；以获利为目的的

isolation *n.* 隔绝，孤立，隔离

industrially *ad.* 产业上地

appeal *v.* 引起兴趣，有感染力

narrative *n.* 叙述，记事

impressive *a.* 给人深刻印象的，感人的

dimension *n.* 特点，特性；方面，部分

innovation *n.* 创新，革新

survive *v.* 活下来，幸存，保存下来

correspond *v.* 与... 一致；符合（to, with）

adventurous *a.* 爱冒险的；充满危险的

deal with *v.* 安排；处理；涉及；做生意

primitive *a.* 原始的，古老的；初期的，最早的；简单的

similar *a.* 相似的，类似的

original *a.* 最初的，原始的

slide *n.* 幻灯片

mixture *n.* 混合，混合物

comic *a.* 喜剧的；使人发笑的；滑稽的；连环图画的

sketch *n.* 短剧［曲］；独幕剧

serial *a.* 连续的，一系列的；连载的；连续广播的

episode *n.* （戏剧、电影、电视等的）连续剧的一出（或一集、一部分）；（小说、剧本的）插曲、片断；（连载小说的）一节

occasional *a.* 偶然的；不定期的；临时的

trick *n.* 窍门；手法；技艺

animate *a.* 动画的；动画片的

cartoon *n.* 卡通片，动画片；漫画

branch *n.* 枝，分枝，分部，分店，（学科）分科，部门，支流，支脉

newsreel *n.* 新闻片

slapstick *n.* 闹剧，趣剧

format *n.* 设计、计划、安排；（安排或表现的）样式，方式

thrive *v.* 兴旺，繁荣；苗壮成长

factual *a.* 事实的，实际的；根据事实的

documentary *n.* 纪录片

acquire *v.* 获得，取得

distinctiveness *n.* 特殊性，独特性

avant-garde *a.* 先锋派的（艺术）*n.* 先锋派

exclusively *ad.* 排外地，独占地；专有地，唯一地

maintain *v.* 保持；维持；继续

display *v.* 展现，展示；呈现

continuity *n.* 连续性；继续性；（电影、广播、电视节目的）连续

in spite of 虽然；尽管…仍

uncertainty *n.* 无常，不确定

pre-war *a.* 战前的

explode *v.* 爆发；突发；激增，迅速扩大

scene *n.* 现场，场面；情景；舞台；活动范围

overshadow *v.* 遮蔽，使阴（暗）；使失色；使…相形见绌，超过

émigré *n.* 移居外国的人，移民

flee *v.* 逃走，逃避；消失，消散

escape *v.* 逃走，逃避，避免，

undistinguished *a.* 未经区分的，听（看）不清的，普通的，平凡的

fame *n.* 声望，名气

Denmark 丹麦

proportion *n.* 相称，均衡；比例；比率 out of proportion 不合情理的

primarily *ad.* 最初，首先，原来；主要地，根本上

theatrical *a.* 戏剧表演（尤指业余演出）；戏剧表演艺术

influence *n.* 影响

plenty of 大量的，很多的

profitable *a.* 有用的，有益的；有利可图的，可赚钱的

producer *n.* 生产者，制作者，演出人，（电影）制片人

responsible *a.* 有责任的，可靠的，可依赖的，负责的

Soviet Union （前）苏联

考题解析
Questions 28－30 Multiple Choice

28. A 选项出自原文第 4 段第 4 行：… it had a great deal of money… 其中 money 对应选项中 capital。

29. D选项出自原文第4段第2行：... because they had better-constructed narratives... 其中 better-constructed narratives 对应选项中 well-written narratives。

30. F选项出自原文第4段第2行：... their special effects were more impressive... 其中 impressive special effects 对应选项中 excellent special effects。

Questions 31－33 Short Answer

31. 定位词 major studios。原文第6段倒数第3行中：cartoons... outside the major studios, and the same was true of serials.

32. 定位词 short, feature。原文第7段首句。

33. 较难。定位词 profitable, silent。原文第7段第2行出现 "Silent Film" era，第4行：It was also at this time（指代上文说到的 "Silent Film" era）that the avant-garde film first achieved commercial success... 其中 commercial success 对应 profitable。

Questions 34－40 Matching

34. 较难。定位词 helped other countries。原文第2段第3行：It was above all the French... the most passionate exporters... helping. 虽然原文也提到美国，但法国排第一，故选法国。

35. 该题考常识判断也可选出 USA。原文第3段。

36. 定位词 first, feature film。原文第3段第7行：The Italian industry, which had pioneered the feature film...

37. 定位词 creating stars。原文第4段讲述 Hollywood，第3行中 the star system。

38. 较难。定位词 money, avant－garde。原文第7段最后一句：... avant-garde film 首次获得商业上的成功，almost exclusively（这几乎要完全）归因于法国电影，occasional（偶尔）还有德国电影的发展。选法国。

39. 定位词 based more on own culture。原文最后一段倒数第3行：... Japan, where a cinema developed based primarily on traditional theatrical...

40. 定位词 silent, size。原文最后一段第4行... silent cinema quite out of proportion to their small population...

参考译文

电影早期发展史

　　电影在其发展史的头30年经历了重大的发展变化，这直到现在都是无与伦比的。电影这种奇特玩意儿首先出现在纽约、伦敦、巴黎和柏林等几个大城市，但作为新媒体它很快风靡全世界。不管它出现在哪里，都能吸引越来越多的观众，从而取代了其他的娱乐方式。随着观众的增加，电影放映场所也就增加，最后在二十世纪 20 年代出现了一些"大型电影院"，其豪华和壮观能与当时的剧院和歌剧院相媲美，有时还会超过它们。同时，电影自身也从只持续几分钟的短片发展成了大型故事片，直到现在它在世界电影界都占着主导地位。

尽管电影被认为是法国、德国、美国和英国人发明的，但英国人和德国人在电影发展史上所起的作用相对较小。首先是法国人，紧随其后的是美国人（电影这一新发明最热情的传播者），他们帮助中国、日本、拉丁美洲及俄国开创电影事业。在电影的艺术制作方面还是法国和美国名列前茅，尽管在一战之前意大利、丹麦和俄国也起了一定的作用。

最后是美国发展成为（现在仍然是）最大的电影市场。通过保护自己的市场，推行灵活的出口政策，美国人在一战开始的时候就取得了在世界电影市场上的霸主地位。电影制作中心向西迁移到好莱坞，正是这些从好莱坞崭新的摄影棚里拍摄的影片一战之后源源不断地涌入世界电影市场，而且从此一发不可收拾。面对好莱坞的全面霸主地位，几乎没有几个国家的电影业能与之抗衡。开辟故事片先河的意大利电影业（曾拍摄巨片《暴君焚城录》(1913) 和《卡比莉亚》(1914)）也几乎垮掉。在斯堪的纳维亚，瑞士电影业曾以其英雄史诗电影和喜剧而著名，但也只是短暂的辉煌。甚至法国的电影业也处境维艰。在欧洲，只有德国的电影在商业上有所发展，但刚成立的苏联和日本电影的发展却远离商业的影响。

好莱坞电影在艺术上和产业上都占领先地位。它吸引人的原因在于其故事构思更巧妙，特技更具感染力，明星阵容又给银屏表演增添了新看点。即使好莱坞自己资源不够，但它拥有大笔资金，可从欧洲聘请艺术家、购买新的技术设备，以保证它目前和将来的霸主地位。

世界上其他电影业能够存活下去的部分原因是他们效仿好莱坞，部分原因是仍然有些观众喜欢适合自己口味的电影，而好莱坞并不拍这类电影。除了爱看流行大片的观众外，还有越来越多的观众喜欢看在艺术上更具探索性或涉及外层空间问题的电影。

没有技术支持所有这些都无法实现。作为一种艺术形式，电影有其独特性。刚刚起步那几年，这种艺术形式很原始，和法国十七世纪使用灯笼和幻灯片的最初做法很相似。早期的电影形式是个大杂烩，包括喜剧短剧、独立故事片、系列剧，偶尔还有滑稽剧或动画片。随着越来越多的人喜欢长篇故事片，其他类型的电影就变得不那么重要了。卡通片制作成为电影制作的一个分支，拍摄通常在大摄影棚外面进行系列剧也是一样，和纪录片一样，它们常常在放映之前作为短片在节目中播放。

在早期的电影中，只有美国的闹剧成功地发展为短片和长片两种形式。然而，在无声电影时代，动画片、喜剧片、系列剧和戏剧故事片，连同纪实电影或纪录片都不断蓬勃发展；随着时代的发展，这些影片都越来越需要有自己独特的风格。也正是在这个时期，先锋电影首次获得商业上的成功，这几乎要完全归因于法国电影，多少还有德国电影的发展。

在无声电影时期，有些国家发展并保持了具有自己鲜明特色的民族电影，其中最重要的有法国、德国和苏联。尽管法国在战争期间和战后经济很不稳定，但其电影的发展表现得最具连贯性。战前相对逊色一点的德国电影业在1919年迅速发展，登上世界舞台。然而，1917年革命之后的俄国电影发展迅猛，其势头盖过了前两个国家。苏联人抛开战前俄国的电影风格，但因避开革命而逃到西部的移民们却把它继承下来。

还有一些国家的电影也发生了巨大变化。英国在无声电影时期有过一段有趣但不显赫的历史；意大利只是在战前在国际上名噪一时；在斯堪的纳维亚半岛国家，尤其是丹麦在无声电影的发展中起了重大作用，其作用之大与其人口之少，简直不成比例。日本电影主要是在传统戏剧表演和较小程度上其他艺术形式的基础上发展起来的，但它渐渐受到了西方电影的影响。

WRITING

WRITING TASK 1

This model has been prepared by an examiner as an example of a very good answer.

Dear Sir or Madam,

My name is Wang Li and I was in your store Wednesday last week. I would like to bring to your attention an incident that occurred while I was in your store.

I was browsing through the canned soft drinks and noticed a particularly good brand of almond juice. When I reached and removed a can to check the contents, the whole shelf collapsed, dumping at least 100 cans of various sorts onto the floor, me and other customers. In my opinion, this resulted entirely from the overloading of the shelves. As you can imagine, this was not only disruptive for the other shoppers but also extremely embarrassing for me. Luckily the injuries I sustained were minor. Unfortunately I cannot speak for anyone else as people dispersed fairly quickly to allow the staff to clean up the mess.

May I suggest that in future during regular maintenance the staff make sure that the display units are secure and when restocking, put out fewer products in order to prevent a similar accident from happening.

Yours sincerely,

(173 words)

参考译文

亲爱的先生或女士,

我叫王丽。我上周三曾去过你们商店,我想告诉你在你们商店发生的一件事,以引起你的注意。

当时我正在随意打量一些灌装软性饮料,后来发现了一种名牌的杏仁露。我伸手拿起一罐,想看一下产品的内容说明,这时整个架子就倒了。至少100罐各种各样的饮料都被倒在了地板上,我和其他几个顾客也被撞倒在地。我想,这完全是由于货架负荷过重造成的。可想而知,这不仅惊扰了其他顾客,也使我极为难堪。幸运的是,我只是受了点轻伤。遗憾的是,我找不到其他任何人来证明此事,因为人们当时很快散去了,好让工作人员收拾残局。

我建议,将来工作人员在常规检修中要保证货架的安全,上货时要少放些商品,以防止类似事件再次发生。

WRITING TASK 2

This model has been prepared by an examiner as an example of a very good answer.

There has been a change in the amount of work people are willing to do repairing their homes and fabricating their own clothing for a number of reasons, particularly in China.

In recent years, foreign companies have injected billions of dollars into the Chinese economy, allowing the local population to make more money than ever before. Graduates from universities often seek employment with foreign companies, which offer far better opportunities, wages and benefit packages than state or privately owned Chinese businesses. This has led to an increase in disposable income. Given this increase and the cheap cost of labor, people would much rather pay someone to repair their homes because they can afford it.

Social values have also changed more recently in China, giving rise to the "brand name" generation. Young people with good jobs or wealthy parents would much rather purchase brand name clothing than wear sweaters that grandma spent hours knitting. At least in the Eastern parts of China, people are becoming increasingly conscious of the social status of brand name clothing and being able to hire someone to decorate or repair their homes.

Part of the changing social situation in China can also be attributed to the lack of interest young people have in pursuing these kinds of activities. I think it is true in most cultures that as societies become more affluent, traditional values and activities tend to decline. Of course, there are always those who struggle to save the "culture" of the country, but they are quickly becoming the minority, which to my way of thinking is very unfortunate.

To conclude, China, like every other developing country in the world is facing a dilemma: do we change to become a better country and help our people to sustain life or hide and remain insular and ignorant to outside influences? I would choose the former.

(309 words)

参考译文

　　由于许多原因，尤其是在中国，人们在愿意自己修房子、自己做衣服的事情上已经起了变化。

　　近年来，外国公司给中国经济注入了大量的资金，从而让地方人口赚到的钱比以往任何时候都多。大学毕业生经常去外国公司求职，和中国的国有企业和私有企业相比，外企提供更多的机会、工资和福利待遇也更高，这就使可支配收入有所增加。由于工资的增加和劳动力成本的低廉，人们更愿意花钱请人修房子，因为他们出得起钱。

　　中国的社会价值观在最近几年也发生了一些变化，结果产生了所谓的"名牌"代。工作不错或者父母有钱的年轻人更愿意买名牌衣服，而不愿意穿奶奶花几个小时编制的毛衣。至少在中国东部，人们越来越意识到名牌服装的社会地位，他们能雇人装饰和整修他们的家。

中国社会环境的变化一部分还可以归因于年轻人对做这些事情缺乏兴趣。我认为大多数文化都是这样：随着社会变得更加富裕，传统价值观和传统做法会呈下降趋势。当然，总是会有一些人拼命想保住国家的"文化"，但他们很快就成了少数，我认为这是很不幸的。

总之，中国像世界上其他发展中国家一样正面临一个两难境地：我们是改革、成为一个更强的国家、帮助人们过好日子？还是闭关自守、与世隔绝、不受外面的影响？我会选择前者。

General Training：Reading and Writing Test B

READING

SECTION 1

Question 1－7

词汇注释

brochure *n.* 小册子；手册；简介材料

alternative *a.* 两者择一的；选择的

cottage *n.* 村舍；小别墅

availability *n.* 可用性，有效性，实用性

reservation *n.* （旅馆房间、剧院座位等的）预订；保留［存］，备用，储备

suitable *a.* 适合的；恰当的

provisional *a.* 临时的，暂定的

reference number 参考编号

deposit *n.* 保证金，押金；存款

rental *n.* 租金总额；出租的财产

confirmation *n.* 确定，确立，证实；确认，批准；确认书

payable *a.* 应支付的；可支付的

outstanding *a.* 显著的，著名的；未付

的；未解决的，未完成的

caretaker *n.* 管理者，看管者，看守者

sufficient *a.* 足够的，充分的

property *n.* 财产；所有物（不可数）

delighted *a.* 喜欢的，高兴的

pound sterling *n.* 英镑

linen *n.* 被单；床单；亚麻布；亚麻布制品

duvet *n.* 羽毛被褥

pillow case *n.* 枕套

towel *n.* 毛巾

query *n.* 疑问；问题

slightly *ad.* 轻微地；有一点；略

receipt *n.* 收到；收条，收据

majority *n.* 多数，大半

考题解析

Questions 1－7 True/False/Not Given

1. 定位词 February，属于原文 21st October to 30th March 部分：Saturday 9：30 a. m. to 4：30 p. m. 平时 weekdays 下午 5：00 关门。

2. 原文中：When we receive your booking form and deposit, your reservation will be confirmed—we will send you a Booking Confirmation... 而非打电话。

3. 原文 ARRIVAL 部分前一句：Outstanding balances on bookings made in the UK must be settled within 10weeks of sending the deposit. 其中 settle 的意思在这里是"完结，付账"。对应 paid。

4. 原文 DEPARTURE 部分第一句。

5. 难题，易选 NG。原文 Last－minute Bookings 部分中第 2 段：If your reserva-
tion is made within 10 weeks of the holiday start date，full payment is due on
booking. 请注意 within 10 weeks 就是指 last－minute，而 full payment 和题干
中 lower 相斥。

6. 原文 ELECTRICITY 部分第一句。

7. 原文 LINEN 部分第 5 行：If you choose to hire linen... but will not include
towels for swimming or beach use.

参考译文

预订韦塞克斯假日别墅

假日别墅预订方法
看过我们的手册、选中两三栋别墅后，请致电我们的假日预订办公室。
联系电话：01225 892299

3 月 31 日——10 月 20 日
星期一、二、三、五 上午 9:00——下午 5:00
星期四 上午 9:30——下午 5:00
星期六、日休息

10 月 21 日——3 月 30 日
星期一、二、三、五 上午 9:00——下午 5:00
星期四上午 9:30——下午 5:00
星期六上午 9:30——下午 4:30
星期天休息

我们将查看您选中的别墅是否空着，预订处的工作人员将帮您做出选择。如果
您所选的别墅已经全部订出，我们将尽力向您推荐其他合适的选择方案。
一经做出暂行预订，就将保留七天。我们会给您一个参考编号，请您填写一份
假日别墅预订单并寄回给我们，并随寄相当于别墅总租金三分之一的押金。
我们的通信地址是：威尔特希尔郡默尔克沙姆市韦塞克斯假日别墅预订处
邮箱：675 号（邮编：SN12 8SX）
押金可在预订时用信用卡支付，也可采用支票付给韦塞克斯乡村别墅有限公司。

如果七天之内我们未收到您填写好的预订单和押金，很抱歉您的预订将被取消。

收到您的预订单和押金后，我们将对您的预订进行确定。我们将寄给你预订确认书，并告诉您如何到达假日别墅，以及当地的联系方式，以防您在离家前需要了解更多的细节。随确认书寄去的还有一个通知单，上面写着剩下的款项及交款时间。在英国，大额预订欠款应在交押金后的十周内付清。

到达

请不要在下午 3:30 前或 7:00 后到达假日别墅

离开

离开的那天上午，请您在 10 点前停止使用别墅物品，以便管理者有足够的时间为下一位客人整理好所需物品。请您物归原样，不要挪动家具，因为那样可能会对家具和物品造成损坏。

海外预订

我们欢迎海外预订，您可以打电话或发传真，号码是：＋44（0）1225890227。所有费用请用信用卡或支票以英镑的形式支付。请注意：海外临时预订可保留14 天。如果在规定日期内未能收到填好的订单和押金，预订将被取消。

紧急预订

如果您想做紧急预订，请致电假日订票处查询。
如果您在假日开始十周内进行预订，预订时就要将款一次付清。

电费

在绝大多数韦塞克斯的乡间别墅，除了其他假日费用，用电也是要付费的。假日旅行结束的时候，可能会要您查看电表，或额外收取一定的电费。屋内可能装有投币电表，这种情况在您预订时会向您说明的。在有些别墅，租金里就含有电费。不交电费的情况是极少的。

日用品

在大多数韦塞克斯别墅，您可以选择租用日用品，租金是每人每周 6 英镑。也可以自己带。有些别墅备有日用品，完全没有日用品的极为少见。如您选择租用，它会包括床上用品（褥单、羽毛被褥和枕头）、浴巾、手巾和台布，但不包括游泳或去海滩用的毛巾。不提供折叠床的床单。如有问题，请向假日预订处咨询。

Questions 8－14

词汇注释

charter *n.* （政府颁发的）特许状，凭照，许可证 *v.* 给予…特权；特许设立；chartered 特许的

accountant *n.* 会计师

auditing *n.* 查账，审计，审核

accountancy *n.* 会计工作；会计职务

taxation *n.* 征税；纳税；税款

garage *n.* 车库；汽车修理厂

mechanical *a.* 机械的；与机械有关的

insurance *n.* 保险，保险单，保险业，保险费

respray *n.* 重新喷涂，重新油漆

restoration *n.* 恢复；修补，翻修，整新

breakdown *n.* 崩溃，破坏，断裂；故障

victim *n.* 受害人，牺牲品

fault *n.* 过错，缺点

solicitor *n.* 律师，【多用于英国】初级律师；法律顾问

compensation *n.* 补偿，赔偿

buffet *n.* 快餐；快餐部

cater *v.* 备办酒菜，承办酒席；提供食物［娱乐节目］

caterer *n.* 酒宴承办人

function *n.* 重大聚会，宴会；庆祝仪式

quote *n.* ［口］引语，引文

stated *a.* 规定的，确定的，固定的，

budget *n.* 预算

town hall *n.* 市政厅

venue *n.* （行动、事件等的）发生地点，举行场所，会场

reliable *a.* 可靠的，可信赖的

knight *n.* （欧洲中世纪的）骑士，武士；爵士；（人名）奈特

estate *n.* 地产，遗产，不动产，财产，产业；财产权

agent *n.* 代理人，代理商

Pascal *n.* 帕斯卡

surrounding *n.* （*pl.*）周围的事物，环境

brasserie *n.* 啤酒店

table dhote（按规定菜肴的价格供应的）份饭，套餐

guarantee *v.* 保证，担保

commission *n.* 代办费，手续费；佣金；**ensuite** 成套地，构成一体地

licensed *a.* 有官方许可的；有酒类专卖许可证的（亦作：licenced）

conference *n.* 协商，谈判；讨论会，协商会；会议

occasion *n.* 场合，时机，机会

interpret *v.* 口译

voice-over *n.* （电视等的）画外音；旁白叙述

editorial *a.* 编辑的；社论的

localisation *n.* 定位，定域

analysis *n.* 分析，分解

考题解析

Questions 8－14 Matching

8. 定位词 car，broken，replaced。对应 B 中：mechanical，repair。

9. 定位词 at the bride's family's house, provide the food。对应 D 中：in your home, you supply the <u>venue</u>, we will supply the <u>menu</u>。

10. 定位词 lawyer, paperwork。对应 K 中 solicitors, legal services。

11. 定位词 Thai recipe book, help me understand。对应 L 中 translation, interpreting。

12. 定位词 somewhere to live locally。对应 G 中 estate and property agents。

13. 定位词 the weekend, somewhere for them to stay。注意和 12 题区分开。12 题要找长期的住宿地点 somewhere to live, 13 题要找短期聚留的地点 somewhere to stay。对应 J 中：conference room available for meeting, wedding, parties & all other special occasions.

14. 定位词 tax, organise our finances。对应 A 中：accountants, taxation。

参考译文

A

史迪曼有限公司
注册会计师

提供所有专业服务，包括从小企业到大公司的审计、会计和纳税。
随时提供个人咨询
伊利市教堂街 12 号
电话：(01353) 562547/561331

B

圣保罗汽修部（伊利）
全方位机械及车身修理服务
由保险公司承保
重新喷漆和翻新
故障排除服务
剑桥郡伊利市河街 6 号
邮编：CB6 4BU
电话：伊利 552247

C

车祸受害者吗？

在车祸中受伤了吗？是别人的过失吧？让咨询律师免费为您查明能否要求索赔。

拨打

免费电话：0800 8760831（24 小时）

国内事故求助热线

D

美罗斯快餐酒席承办
拥有 15 年酒席承办的专业经验
订餐之前请听我们的承诺：我们将在您规定的预算范围内提供最佳服务。无论宴会大小，我们都能承办：可以在您的家里、办公室、花园、市政厅、教堂，确切的说，任何您喜欢的地方。
"您提供地点，我提供美食"
——为您量身定做的佳肴
剑桥郡密尔顿市柏利路 28 号
电话：01223 640789

E

LM 大型轿车租赁

为婚庆或其他特殊活动
提供个人租车活动

约翰 & 苏·毕晓普

伊利市法尔街 12A 白宫
邮编：CB6 1AE
电话：01353 667184

F

机票速订

您通往世界的热线
如果您正为到世界某地订机票
犯愁，如果您在考虑周到的服务与
便宜的价格同等重要
请致电：0990 320321
赫兹赫特福德市
联合路 25 号
邮编：CM23 2LY

G

巴顿·希尔和奈特公司

地产和财产代理商
特许房产鉴定估价人

商业财产
家庭财产和艺术品拍卖
独立的财产服务，提供专家咨询

贝利 ST 埃德蒙兹
01284 800717

萨福克郡贝利 ST 埃德蒙兹市
迪斯路 15 号

H

帕斯卡饭店
法式饭店和啤酒店
允许酒类出售

在轻松的环境中享受新鲜美食
外加一杯葡萄酒

营业时间：
午饭——有啤酒供应——周一至周日
晚饭——三道菜的套餐，固定价位，
周三至周六

本饭店为无烟饭店
剑桥郡小港市沼泽路 2 号
01353 565011
请不要用信用卡

I

全球旅游

外币兑换业务
每周工作六天
$ 保障最佳兑换率 £
收取最低手续费

剑桥郡伊利市行进路 14 号
电话：01353 551136

J

花园之乡

· 设备完善，房间宽敞，家具成套，
包括彩电，茶具及咖啡自制设备
· 特许饭店和酒吧
· 为会议、婚礼、聚会和其他特殊活动
提供会议室

电话：(01440) 862581
哈弗里尔市快乐山

K

贝克，斯图尔特和杨律师事务所
提供广泛的法律服务

剑桥郡伊利商业街 2 号

电话：(01353) 552918

L

FINE LINE 翻译有限公司
1984 年以来最杰出的语言学家
3000 多名专业翻译聚集于此
笔译和口译

笔译　　　桌面出版
口译　　　本地化
旁白叙述　　媒体分析
编辑业务

电话：＋44 (0) 1223 856732
传真：(0) 1223 821588
剑桥郡城堡院 5 号，邮编：CBI 2PQ

SECTION 2

Questions 15－21

Courses Available at North Coast College Campuses

词汇注释

rural *a.* 乡下的；农村的
renown *n.* 名声，传闻，谣传 *v.* 使有声望

module *n.* 模件，组件
macadamia 〈植〉澳大利亚坚果

bushfood 丛林食品

veterinary *n.* 兽医 *a.* 医牲畜的，兽医的

agristudy *n.* 农业研究

flexibly *ad.* 可变通地，能适应环境地

correspondence *n.* 通信，信件，函件

tutorial *n.* 个人辅导；受大学教育时间

session *n.*（从事某项活动的）一段时间，（一届）会议；会期

workshop *n.* 专题学术讨论会；讨论会会议录；专题研究小组

traineeship *n.* 受训练的情况［时间］；受训者的地位

fitness *n.* 健康，结实

theoretical *a.* 理论的；理论上的

practical *a.* 实际的，实践的，实用的，应用的

residential *a.* 住宅的，与居住有关的

remedial *a.* 治疗的；补救的；矫正的

clinic *n.* 诊所；门诊部

determine *v.* 决定；决心

impact *n.* 碰撞，冲击，冲突；影响，效果

degrade *v.* 降低；降级；退化

regeneration *n.* 再生，重建

pathway *n.* 路径，通道，轨迹

marine *a.* 海的；海中的；海船的

参考译文

北海岸一些大学的可选课程

农业

北海岸大学的专业农业中心开设农业技术、牛肉制造、马的研究和农村管理等课程。伍伦巴农业研究院以其热带水果种植研究而著名，而且开设了澳大利亚坚果、丛林食品及咖啡加工方面的选修课程。塔里学院开设助理兽医和农业研究课程，通过函授，综合利用学生辅导、电话辅导、学习交流会和研讨会等手段，让学生们学得更灵活。马伦宾比开设当今流行的农村商业管理课程，这门课可通过函授学习。同时，格拉夫顿开设包括牛肉和乳品业方面的农业培训课程。

保健课程

通过在社区内不断宣传更加健康的生活方式，人们的健康意识增强了，对健身运动行业培训人员的需求也有所增加。特威德赫兹开设健身指导课程，教学生们如何组织和实施安全的健康计划。

利斯莫尔开设老年人照顾课程，麦考理港有婴儿护理课程。从这些课程中你既可学到理论技巧和知识，又能掌握实践经验。要在各种居民区和社区办的保健机构工作，就需要有这方面的培训。对于有志于从事医疗保健行业的学生，金斯克里福是所专门学校，那里可获得自然疗法文凭，而且校园里就有保健门诊

部。

环境研究
北海岸学院开设的环境研究课程旨在帮助学生增强对环境问题的意识和了解，
使他们能够明白这些问题对环境的影响。巴林纳学院开设环境实践课，其中包
括海岸管理。
对恢复被毁自然森林感兴趣的同学，可选择北海岸学院。该学院在卡西诺开设
了森林再造课程，这门课为学生们提供了在大学获得自然资源管理文凭的途径。
在考夫斯港则开设了海洋业管理课程。

Questions 22 — 27
Information on Photocopying

词汇注释

photocopier *n.* 影印机，复印机
laser *n.* 激光
printer *n.* 打印机，印刷机
plastic *a.* 塑胶的，
initially *ad.* 最初，开头
purchase *v.* 买，购买 *n.* 买，购买
refund *n.* 归还，偿还额，退款

teller machine *n.* 自动柜员机
denomination *n.* （度量衡等的）单位，面额
lab *abbr.* 实验室，试验室（laboratory）
optional *a.* 可选择的，随意的
allocate *v.* 拨给，分配，配置

考题解析
Questions 22 — 27 True/False/Not Given

22. 原文第 1 段中 3 个地方是：library, B Block, SRC。
23. 原文第 2 段第 3 行：students and other users will have to purchase a Prepaid Services Card from a teller machine located in the Library or B Block Computer labs.
24. 原文中没有提到最小数额，也没有 $5 的字样。
25. 原文中没有提到 library fines。
26. 原文第 4 段最后一句：The SRC has a smaller, coin only, teller machine.
27. 易错。题目中说：当你购买卡时，PIN 会分配好。原文中最后一段说：为了更加安全，你可以选择设置一个 PIN。说明购买卡时是没有 PIN 的，你如果想更安全一点，可以自己设置密码，这项服务是可选的。

参考译文

复印须知

　　信息服务中心在图书馆安装了预付服务卡系统。学生和工作人员可持卡使用图书馆的复印机和相关设备，以及 B 楼内的激光打印机。学生代表委员会大楼内最近也安装了同样的系统，以便那里的复印机也可以使用。

　　此系统使用一个类似用户识别卡的塑料卡，这种被称为预付服务卡的卡片每张都有一个独一无二的能进入系统的六位数账号。首先，学生及其他使用者必须从安装在图书馆或 B 楼计算机实验室的自动柜员机上购买一张预付服务卡，每张卡 2 美元。千万要记住卡上面的账号，并签上你的名字，或者写上学生证号码。

　　使用者通过给预付服务卡充值享受图书馆、计算机中心和学生代表委员会的服务。此卡不能退款，所以最好用多少冲多少。预付服务或充值金额最多不能超过 50 美元。

　　学校已安装了两台纸币和硬币柜员机，一台在图书馆二层的复印室，另一台在 B 楼的计算机实验室。这些柜员机可识别 50 美元以内的纸币和硬币。学生代表委员会有一个较小的柜员机，只可使用硬币。

　　用户购买新卡时，图书馆和 B 楼的电子计算机实验室的柜员机会自动给用户开收据。但是，给现有卡加钱时，是否开收据你可以选择。

　　为了更加安全，持卡人可选择在预付服务卡中设置个人身份号码（PIN）。每次用卡时必须输入此号码。

SECTION 3

Questions 28－40

Understanding Bee Behaviour

词汇注释

tiny *a.* 微小的；极小的

encode *v.* 译成密码［电码］；编［译］码

complex *a.* 复杂的，多元的，综合的，错综的

amazing *a.* 令人惊异的

behavioral *a.* 行为的，关于行为的

witness *v.* 亲眼看见，目睹；表明，显示

arguably *ad.* 可论证地，正如可提出证据加以证明的那样；可能，大概

apart from 除…外

decade *n.* 十年，十

pure *a.* 纯粹的；纯洁的，纯净的；无

错的，完美的

unravel *v.* 拆开；（使某事物）变清楚
或被解决

astonishing *a.* 惊人的；令人惊讶的

award *v.* 把...奖给，授与

derive *v.* 获得；起源于，出自（from）

syrup *n.* 糖浆

realise *v.* 明白

pass on 传递

spot *n.* 地点，场所，现场

scout *n.* 侦察员；童子军；侦察；搜索

scamper *v.* 蹦蹦跳跳；奔逃，惊奔

alternate *v.* 交替，轮流

occasionally *ad.* 有时，偶而地

regurgitate *v.* 吐出；（动物）反刍；使
回流

chase *v.* 追赶，追逐

sickle *n.* 镰刀

distinctly *ad.* 清楚地，显然

waggle *v.* 来回摇动，摆动

semi-circle *n.* 半圆形

particular *a.* 特殊的，特别的，独特的

troop *v.* 成群移动；群集、成群；成群
地来去

spiral *n.* 螺旋 *v.* 盘旋

sniff *v.* 用鼻吸气；［非正式用语］寻
找

downwind *a.* 顺风的 *ad.* 在下风

come into play 开始活动

measurement *n.* 测量，度量

hunch *n.* 直觉；预感

actual *a.* 实际的，真实的

precise *a.* 精确的，准确的

indicate *v.* 表明；显示；象征；暗示

horizontal *a.* 地平的；水平的；平
（坦）的；横的（与 vertical 相对）

entrance *n.* 入口，进口

platform *n.* 台，平台，高出之地

vertical *a.* 垂直的；竖式的；直立的

portion *n.* 一部分，一分

decode *v.* 解码，译解

merely *ad.* 仅仅，只，不过

inner *a.* 内部的；里面的

gravity *n.* 重力；（地心）引力；重量

represent *v.* 代表

remarkable *a.* 不平常的；值得注意的；
显著的

revolutionize *v.* 使变革

考题解析

Questions 28 — 34 List of Headings

28. A 段中：For bees are arguably the only animals apart from humans which have their own language. 对应 the special position。

29. B 段最后一句，蜜蜂传递 messages，对应 communicate。

30. 注意 C 段讲到 three dance types。

31. D 段首句中：first two related types。

32. 重点注意 E 中的第 2 段。

33. F 段第 2 行：outside；第 5 行：different directions。

34. G 段首句：But by studying the dace on the inner wall of the hive... 第 3 行：When inside the hive。

Questions 35 — 37 Short Answer

原文 C 段就提到了蜜蜂有三种舞蹈，但没有给出舞蹈的名字。D 段首句中出现了两种：... the round and the sickle dances。第三种舞蹈的名称出现在 E 段第 8 行：... the third, quite different, waggle dance。

Questions 38 — 40 Sentence Completion

38. 原文 D 段和 E 段中三种舞蹈的不同和原因。所以应该在这两段里寻找答案，找到 E 段第 4 行：... he started gradually moving the feeding dish further and further away...

39. 定位词 outside，应该在 F 段中找答案。F 段倒数第 2 行：... the dance pointed directly to the food source...

40. 定位词 angle，vertical。注意到 G 段中出现 40°，是 angle 的标志，找到 G 段倒数第 3 句。

参考译文

蜜蜂行为揭秘

A　蜜蜂的大脑和一颗草籽一样大，但在这个小脑袋里却隐藏着一些人类看不到的最复杂、最惊人的行为模式。除人类以外，蜜蜂可以认为是唯一拥有自己语言的动物。本世纪早些时候，慕尼黑大学动物学教授 Karl Van Frisch 花了几十年进行"最纯粹的快乐的发现"，从而揭开了蜜蜂行为的秘密。由于他惊人的成就，他获得了诺贝尔奖。关于蜜蜂之间说些什么，今天的大部分知识都来自于他的成果。

B　开始的时候很简单。Van Frisch 从一位早期研究者的实验中发现，如果他在外面放一碗糖浆，蜜蜂刚开始可能不那么容易发现它，但糖浆一旦被发现，一小时内就会有数百只蜜蜂赶来吃。Frisch 明白，消息正传回蜂巢，消息说，"外边，就在这个地方，可以找到吃的。"

C　但这是如何发生的呢？为了观察蜜蜂，Van Frisch 建造了一个四面都是玻璃的蜂巢。他发现，找到食物源的侦查蜂一旦回到蜂巢，就会跳三种舞中的一种。侦察蜂跳的第一种舞是圆圈舞。身体轮流向左或向右旋转着，偶尔停下来，给追随其后、兴奋不已的蜜蜂吐出些食物样品。第二种舞蹈明显是圆圈舞的引申版。她表演镰刀形的 8 字舞。第三种舞蹈明显不同，她先是笔直地爬一小段，身体左右摇摆着，然后沿半圆路线返回原地，之后就反复重复上面的过程。他还不时地停下来给那些讨东西的蜜蜂东西吃；很快其他蜜蜂就会兴奋地离开蜂巢去寻找食物。Frisch 注意到，几分钟后，很多蜜蜂就会出现在糖浆碗边。

D　经过进一步的实验，Van Frisch 揭开了前两种有关系的舞蹈（圆圈舞和镰刀舞）的秘密。他得出的结论是，这两种舞蹈都只是告诉蜜蜂一个信息，蜂巢附近就有值得去找的食物源。侦查蜂舞跳的时间越长，越兴奋，食物源可能就越丰富。对其他蜜蜂来说，她携带的食物样品及身上的气味就是一种信息：这种东西正是他们正在寻找的特别食物。之后其他蜜蜂就会倾巢出动，呈螺旋形飞起来，在风中"闻着"找侦察蜂许诺过的食物。

E　开始时，Van Frisch 认为蜜蜂只是对食物气味有反映。但第三种舞蹈的意思是什么呢？如果蜜蜂只是对气味有反应，它们又如何能闻到离蜂巢数百米之外的食物呢？况且有时候这些食物还在它们的下风？出于直觉，他开始把喂蜜蜂的食物移得越来越远。在这个过程中，他注意到，返回的侦查蜂的舞蹈也开始起变化了。如果他把盘子移到九米以外，第二种舞蹈——镰刀舞——就开始上演了，但一旦把食物移到 36 米以外的地方，侦查蜂就会跳截然不同的第三种舞——摇摆舞。

　　　他得出的结论是：蜜蜂对实际距离的测量也是很准确的。例如，要表示食物在 300 米远的地方，蜜蜂就会在 30 秒内完整地跳 15 次摇摆舞；如果把食物移到 60 米远的地方，它们跳舞的次数就会减到 11 次。

F　Van Frisch 还有进一步的发现。当侦察蜂返回蜂巢把食物源告诉他们的姐妹们时，他们有时会在蜂巢外面的水平入口处的平台上跳舞，有时则在蜂巢内陡直的墙面上跳。而且，根据不同的跳舞地点，摇摆舞的笔直部分就会指向不同的方向。蜂巢外面的舞蹈很容易破解：笔直部分直接指向食物源，所以蜜蜂只需要解读出这种距离信息，然后就朝那个方向飞去寻找它们的食物。

G　但是通对蜜蜂在巢内墙上舞蹈的研究，Van Frisch 发现了侦察蜂的一个绝招——她能以太阳的位置为参照告诉姐妹们食物源的方位。在蜂巢内部，跳舞的蜜蜂无法利用太阳，于是她利用地心引力。蜂巢壁的顶端代表着太阳的方向。如果她笔直地爬上去，这就意味着食物源和太阳在同一个方向。但是如果食物源位于太阳偏左 40 度的地方，那跳舞的蜜蜂就沿垂直线偏左 40 度向上爬。这是 Van Frisch 众多重大发现的开始。不久他又对蜜蜂之间如何交流有了重大发现，从而在整个动物行为研究领域引发了一场革命。

WRITING

WRITING TASK 1

这是考官准备的一篇优秀范文（原文在《剑桥雅思 4》）第 172 页），请注意答案可以千变万化，下面只是其中之一。

亲爱的 Jan,

你知道，我们很快就要搬新家了，有一些东西带不走。新房子要小一点，所以我得卖掉一些家具，不知道你感不感兴趣？

我特别想卖的是大餐桌。你记得吗——客厅里的那张？桌腿是木头的，桌面是灰色玻璃的，足够六个人用，有六把配套的椅子。

我知道你一直喜欢这个家具，所以我可以以优惠价给你。与其卖给一个陌生人，我宁愿卖给你！

为什么星期六不过来再看一看呢？我们整天都会在这里，也许我们可以一起吃中饭？

等你电话。

爱你的，
Shanda

WRITING TASK 2

考官范文翻译。这是考官准备的一篇优秀范文，请注意答案可以千变万化，下面只是其中之一。

如今，很多地方的小孩大概 6、7 岁开始上小学。但是，因为现在父母双方都工作的可能性越来越大，小孩很少有机会能一直呆在自己家里到这个年龄。他们可能很小就到托儿所去了。

虽然有的人认为这样会对孩子的发展或孩子与父母的关系造成伤害，但其实小时候有上学的体验好处很多。

首先，孩子会学会和很多各不相同的人打交道，有的孩子因此很早就学会了沟通。通常，他们比那些和父母一起呆在家里、不习惯陌生人或新环境的孩子更加自信、独立。这样的孩子到了 6 岁发现上学第一天非常可怕，这可能对他们的学习产生负面影响。

早上学的另一个好处是孩子在社交方面发展更快。他们结交朋友，学会如何与年纪相仿的孩子交往。这在家里是不可能做到的，因为他们是独生子女，或者因为他们的兄弟姐妹要么比他们大，要么比他们小。

因此，总的来说，我相信上学早对大多数孩子来说是有好处的。他们也有足够的时间和父母一起在家里，所以他们可以从两种环境中受益。

爱你的，
Shanda